集英社オレンジ文庫

平安あや解き草紙

～その女人達、故あり～

小田菜摘

本書は書き下ろしです。

CONTENTS

イラスト／シライシユウコ

平安あや解き草紙

その女人達、故あり

HEIAN AYATOKI SOSHI

第一話
どちらの思いにも偽りはない

後涼殿の納殿には、目も眩まんばかりに豪奢な唐物（舶載品）が数多く並んでいた。
高麗の仏画。占城（ベトナム）の沈香。天竺の麝香。大食（西アジア）の瑠璃皿。
宋の青磁は有名な越州窯で焼かれたもの。唐渡りの綾錦と羅は、精緻さはもちろん日本ではあまり見ない華やかな配色が絶妙で、居合わせた女房達の目を釘付けにしていた。
左大臣の大姫にて、齢三十三歳の尚侍・藤原伊子も例外ではなかった。
これら絢爛な品々の中でも特に伊子の目を惹いた物は、型紋様が入った鮮やかな色彩の紋唐紙だった。朱に薄紅、藤色に蘇芳、苅安に黄蘗等々。色別に漆塗りの箱に収められた染紙には、それぞれに趣向を凝らした唐草や亀甲紋が刷りだされている。

異国の技術の確かさに、思わず感嘆の息が漏れる。この精緻さは、いま伊子が着ている蘇芳色の幸菱地に濃き（紫）糸で唐花を織り出した二陪織物の唐衣にも引けを取らない。

「すごいわね。まるで織物のようだわ」

「本当ですね。こんな美しい紙でしたら、前の夫からの文でも一生取っておきますよ」

四回の離婚歴がある乳姉妹・千草には、とうぜんながら四人の前夫がいる。その全員が見事にクズで、だからこそ別れたわけだが、そのさい相手から貰った文はすべて焼いてしまうのが別れるときの彼女の恒例行事だった。しかも大殿油や火桶にくべるなどの優雅なものではなく、竈にぶちこんで焚き付けにしてしまうというのだから徹底している。

千草の相変わらずの言いように、周りにいた女房達が声をあげて笑う。彼女達は千草のような伊子付きの女房ではなく、内侍司（ないしのつかさ）所属の後宮職員（こうきゅうしきいん）。すなわち尚侍（ちょうかん）たる伊子の部下となる者達だった。

乳姉妹の変わらずの奔放（ほんぽう）さに苦笑しつつ、伊子は黄蘗色の紙を指さした。

「でもこの色は恋文には使わないわ。経典や公文書用ね」

「え、なぜですか？」

いち早く問うたのは若狭（わかさ）こと、下臈（げろう）の沙良（さら）である。十五歳の新米女房の物おじしない態度を頼もしく思いつつ伊子は答える。

「黄蘗には防虫効果があるからよ。それで染めた紙は長持ちするでしょう」

黄蘗とは色名だが、同時に染料の名称でもある。

なるほど、と沙良はうなずく。

「それで経典は、黄色っぽい色が多いのですね」

「そうよ。古いものはくすんで茶色がかってくるけれどね」

説明をつづける伊子のそばに、一人の女房が近づいてきた。柳の表着（うわぎ）に淡青（うすあお）の唐衣をまとった二十代半ばほどのその女房は、高内侍（こうのないし）と呼ばれる掌侍（ないしのじょう）だ。

「尚侍（かん）の君（きみ）、蔵人所（くろうどどころ）から唐物の目録を預かってまいりました」

「ごくろうさま。では、さっそくはじめましょう」

伊子が言うと高内侍はうなずき、蛇腹（じゃばら）折（お）りにされた陸奥紙（みちのくにかみ）をひろげた。目録にはこの場に納入された唐物の品目がすべて記してあるはずだった。

「ええと……犀角三本。黒貂の毛皮四枚。瑪瑙の飾り珠十個」

朗々とした声で高内侍が読みあげる品々を、四人の女房が二人一組で確認をする。なにしろここにある品の全てが、どれを取ってみても女房の禄が吹っ飛ぶくらいの高価なものばかり。破損はもちろんだが、万が一にでも盗難などあってはならない。

昨年の長月。帝の石帯についた飾り玉が、女孺に盗まれるという不祥事が起きた。それ以降、貴重品はかならず二人以上で扱うことを御所の女官達に徹底させている。

高内侍の読み上げに従い、確認は滞りなく進んでいた。品目は香料から生薬にと移っていった。

「牛黄、厚朴それぞれ三包……」

一抱え程ある黄麻の袋に、生薬の名を記した白い名札がついている。

「はい、きちんとございます。あ、これで終わりですね」

確認を済ませた品々をざっと見まわして沙良が言うと、高内侍は目録から顔をあげた。

「え？　まだ、あるわよ」

それまで和やかだった納殿の空気がさっと張り詰めた。

身構える伊子の前で高内侍は目録を、まるで反物をほどくように膝の上でぱらりと広げて最末尾に記された文字を指さした。

「当帰三包、これが最後です」

黒々とした文字で確かに目録に記されているその生薬は、納殿のどこにもなかった。

唐物の売買は、なかなか煩雑な手順を必要としていた。

唐土からの商船は、概ね筑前の博多津に入港する。時には肥前・神崎荘（皇室領・現在の佐賀県）の有明海に入ることもあるが、いずれにしろ到着は大宰府の役人から朝廷に報告されることになっていた。

そこから陣定（朝議）を経て、帝にその旨が奏上される。

そうした手順を踏み、帝の許可を得てはじめて商人は上陸ができるのだった。

次いで上陸した商人から、彼らが積載している唐物の目録、並びに帝への献上品が都に送られる。そのあと蔵人所から唐物使と呼ばれる使者が大宰府に遣わせられる。唐物使が朝廷の必要品を購入したあと、ようやく市場での自由な商売が許されるのである。

とはいえ都から唐物使を派遣することはけっこうな負担なので、近年では交易が大宰府の役人に一任されることが多くなっていた。その結果、彼らと縁故の都の貴族や現地の有力者が先んじて取引をしてしまうこともしばしばで、朝廷の先買い権もだいぶん揺らぎつつあった。

今回の商船入港は、まずは伊子の父である左大臣・藤原顕充に伝えられた。彼には先日内覧の宣旨が下されており、帝への奏上文を先に目にする権利を与えられていたのだ。

顕充の口から帝に商船入港の旨が伝えられ、帝により上陸許可が下された。今回は唐物使を遣わさずに、事実上の大宰府長官・大宰大弐に交易が一任された。

そうやって大弐によって買い上げられた唐物は、内蔵寮から一部が蔵人所を介し、御所内に収めるために内侍司にと渡った。それらの品を納殿に片づけている最中に、事態が発覚したのだった。

目録に記された生薬『当帰』三包すべてない。

当帰とは韮にも似た白い小花を咲かせる植物で、生薬としては主に根の部分を使う。血の巡りや冷えの改善に効果を持ち、婦人病の妙薬とされている。

「あたりを隈なく捜し、はては女房達の身体検査までしてみたけれど、とうとう見つからなかったというのですね」

実弟・実顕の言葉に、伊子は御簾内でうなずいた。その傍には、次席掌侍である小宰相内侍が控えている。温明殿にある内侍所に来て欲しい旨を伝えると、四半刻もしないうちに実顕はやってきた。

「ええ。いまも一応、居合わせた者達を勾当内侍に見張らせているけれど……」

歯切れが悪く伊子は言った。弟相手とはいえ申し訳なさに身がすくむ。右衛門督と検非違使別当を兼ねる実顕に紛失を相談するのは妥当なことだが、昨年の長月につづいての盗難騒ぎは、内侍司を掌る者として痛恨の極みである。

伊子の憂鬱を慮ってか、慰めるように実顕は言う。

「必ずしも盗難とはかぎりませんよ。どこかに紛れこんでいる可能性もありますし、蔵人が持ちこむさいに置き忘れた可能性もありますから。まもなく蔵人所の者も来るはずですから、ともかく話を聞いてみましょう」

などと話している間に、五位蔵人の藤原尚嗚がやってきた。言うまでもなく蔵人所からの遣いである。蛍草蔵人という優雅な呼び名を持つ十六歳のこの美少年は、帝の伯父にあたる左近衛大将と、筆頭掌侍である勾当内侍の間の一粒種である。

きびきびとした足取りで入ってきた尚嗚は、御簾前で一礼して実顕の横に座った。四位で武官の実顕は黒の闕腋袍（腋を縫いあわせていない袍）だが、五位で文官の尚嗚は緋色の縫腋袍（腋を縫いあわせた袍）を着ている。

「由々しき事態が起きたとか……」

伊子と実顕、そのどちらにともつかぬように尚嗚は言った。事の重大さに臆しているのか、さすがに声が上擦っている。

「蛍草殿、落ちつかれよ。まだ探している最中ゆえ」

年長者らしく宥めるように言ったあと、あらためて実顕は問うた。

「蔵人所に唐物が納入されたとき、確かに不足の品はなかったのだね」

「はい。蔵人所の者、全員で確認いたしましたので見落としはないはずです」

「当帰が三包みですよ。確かでしたか？」

尚鳴の断言に、伊子は御簾内から尋ねる。次第によっては蔵人所の不手際(ふてぎわ)を勘ぐっているようにも取られかねないので口調には気を遣ったつもりだが、二度目の盗難騒ぎに少々焦っていた感は否(いな)めなかった。

幸いにして尚鳴に気を悪くした気配はなく、極めて普段通りの口調で答えた。

「品目が多かったので個別には覚えていないのですが、目録と照らしあわせながら全員で確認いたしましたので間違いありません」

確かに唐物は山のようにあったから、すべてを諳(そら)んじることは無理だろう。それでなくとも生薬の名称など、典薬寮(てんやくのりょう)の者でもないかぎり馴染(なじ)みがなく覚えにくい。

しかし尚鳴の言い分が正しければ、当帰は内侍司で整理をしているときになくなったことになってしまう。

途方に暮れる伊子の横で、小宰相内侍が声をあげる。

「なれど内侍司では、二人一組で作業を行っていました。あらかじめ示しあわせることなどできぬよう、人選も組み合わせも尚侍の君がその場で決めましたから、盗みを働くなどできるはずがありません！」

「こちらとてそれは同じです。蔵人所も盗みを働けるような状況ではありませんでした」

小宰相内侍の強気な言いぶりに煽られたのか、尚鳴も声を大きくする。年齢差十二歳のこの男女は、どちらも気が強いことで有名だった。

「蛍草殿、落ちつきなされ」

実顕が尚鳴をなだめる向かい側で、伊子も小宰相内侍を軽く睨みつけて牽制する。

まったく蔵人所から尚鳴が出てくると知っていたら、なにがなんでも母親である勾当内侍を連れてきたのにと伊子は心の中で臍を噛んだ。尚鳴の常軌を逸した母親への偏愛ぶりは、もはや御所中の人間が知るところだった。勾当内侍であれば、猛禽を容易に手なずける鷹匠のごとく、この個性と気が強い少年を封じこめていただろう。

御簾を隔てていがみあいをはじめそうだった尚鳴と小宰相内侍を、伊子と実顕の姉弟で力をあわせて落ちつかせた。

「と、とりあえず……」

こほんとひとつ咳ばらいをしてから、実顕が口を開く。

「どちらを疑うというわけではないのですが、両所とも自分達に過失がないという根拠が身内の証言に頼っているので鵜呑みにすることはできません」

気弱な物言いながらのまさしくの正論に、伊子は少し弟を見直した。とことん検非違使にはむいていないと思っていた弟だが、あんがい適性があるのかもしれない。

案の定、尚鳴と小宰相内侍は揃って声をあげかける。

「そんなっ――」

「あなたの言うとおりね」

抗議をしようとした二人をさえぎり、伊子は言った。

「ではどうなさるの？　検非違使のほうで調べてくれるのかしら」

「そうなれば必然公（おおやけ）になりますから、姉上としてはあまり好ましくありませんよね」

探るように訊かれ、伊子はしぶしぶうなずく。

「そうね。長月につづいてまた御所で盗難騒ぎが起きたとなれば、右大臣（うだいじん）が鬼の首でも取ったように騒ぎだすでしょうね」

「然（しか）り」

合いの手を入れるように実顕が返す。

「それでなくとも右府（うふ）（右大臣の唐名）殿は、父上が内覧宣旨を受けたことで歯ぎしりをしていますからね」

「当てつけに今度こそ私に、責任を取って辞任しろと言いだすでしょうね」

「えっ！」

尚鳴と小宰相内侍は、またも同時に声をあげた。いがみあっているわりには、なかなかどうして息があっているようだ。

「ちょっと待ってください！　どうして尚侍の君が辞官をなさらないといけないのですか！」

小宰相内侍はむきになって言うが、どうしてもこうしても組織の長として一般的な責任の取り方である。個人的には見せしめ以外の引責辞任など、なんの問題解決にもつながらないと思ってはいるが、まあそれが世の常だ。

負けじと尚鳴もつづく。

「そうですよ。それに尚侍の君もお忘れではないでしょう。先日ともに主上をお守りしていきましょうと誓いあったばかりではありませんか」

裏切り者を責めるような物言いに、そういえば先月そんなことを言われていたと思いだした。あのときの伊子の心境を言えば、誓いあうというよりものすごい同調圧力に頷かざるをえなかっただけなのだが。

それにしても先程まで対立していた小宰相内侍と尚鳴が、伊子の辞官でいつのまにか共闘してしまっている。

「落ちつきなされ」

なだめるように実顕が言った。これがこの弟の偉いところで、伊子であればもっと露骨にうんざりとした口調になっていただろう。

「姉上の辞官はあくまでも喩え。なれどそうせぬためには、早急かつ内密に事を解決しなければならぬ」

　そこで実顕は一度言葉を切り、口調をあらためた。

「されど内密にというのであれば、わが検非違使庁はあまりおおっぴらには動けなくなります」

「そうなると自分達が中心になって解決するしかないわけね」

　自分達——この場合は、内侍司と蔵人所になる。

　しかし身内の捜査はおのずと限界が出てくる。伊子は人差し指を顎の下に当て、しばし黙考してから切り出した。

「では蔵人所が内侍司を、内侍司が蔵人所を捜査するようにしましょう」

　突飛とも思えるこの提案に、小宰相と尚鳴は驚きの声をあげた。

　彼らとは対照的に落ちついた口調で実顕が言う。

「案としては悪くないと思いますが、そのようなことが可能なのですか？」

「蔵人頭は話が分かる人よ。それに右大臣とも新大納言とも距離を置いているから、うまく話を通す自信はあるわ」

「なるほど。姉上のお手並み拝見といったところですね」

　ちょっとからかうように実顕は言った。

　要職にありながらどちらの勢力にも与しない蔵人頭の立ち位置は、尚鳴の父・左近衛大将に近いものがあった。

「了解するでしょう。このまま当帰が見つからなければ、蔵人所と内侍司の双方で責任を取る形になるのだから」

伊子の言い分に小宰相内侍は思いっきり不服気な顔をした。おそらくだが御簾向こうで尚鳴も同じ反応を示していることだろう。双方ともに自分達側に落ち度はないと思っているのだから当たり前だ。

良くも悪くも真っすぐすぎるこの二人には、ここから先は教えぬほうがよさそうだ。そう考えた伊子は、あとは蔵人頭と直接話すと言って二人を追い返した。

彼らが出ていったあと、実顕は遠慮がちに言った。

「……紛失した物を補うだけであれば、さして難しくはないですよ」

「分かっているわ」

若干投げやりに伊子は答えた。

当帰は確かに貴重品ではあるが、左大臣家の力を持ってすれば手に入れられる。どこかに紛れこんでいたとして、しれっと補塡しておけば何の騒ぎにもならない。

長月の盗難は、早々にその事実を公表した。それは紛失品が主上の飾り石という禁中の威信にかかわる貴重品だったからだ。

しかし今回はそうではない。生薬は貴重品にはちがいないが、帝の威信にかかわってくる類（たぐい）のものではない。ゆえに失態を公にせず内密に処理をするということもできる。

とはいえ——伊子は渋い顔をする。

「でもこれが盗難だとしたら、犯人を安穏（あんのん）とさせるわけにはいかないでしょう」

紛失に対してなんの動きもなく補填だけされれば、犯人はこの程度であれば捜索されないものとたかを括（くく）ってしまう。それは第二、第三の犯行につながりかねない。ゆえになんとしても捜索という行為を見せつけなくてはならなかった。それは犯人を捕えることや紛失品を取り戻すこととは別の意味を持つ。

「内侍司を蔵人頭と勾当内侍（こうとうのないし）に。蔵人所を私とむこうの次席で調べる形にすれば平等だと思うのだけど、どうかしら？」

「妙案ですね」

「きっちりと追いつめて、犯人をきりきりまいさせてやるわ」

弟の賛同を得たことで伊子は強気になった。

しかし意気込みは虚しく、懸命の捜索にもかかわらず当帰は見つからなかった。

二日間に渡る調査の後、両所の長官と実顕が内侍所に集まった。清涼殿（せいりょうでん）近くの蔵人所では人目につきすぎるからだ。

「犯人がわれらの部下のうちにいたのなら、この二日間は生きた心地もしなかったとは思いますが……」

御簾のむこうに座る蔵人頭は、己に言い聞かせるように言い漏らした。実顕は彼の横に座っている。

たとえ逮捕に至らずとも、捜査を見せつけることで犯人を威嚇する。

それは確かに目的のひとつではあった。しかしいざ捕えられなかったとなると、このままおめおめと引き下がることはなんとも歯痒い。

腹立ちを抑えつつ、伊子は提案した。

「とりいそぎ当帰は私が補塡をいたします。ですがこのあとも捜索はつづけましょう」

公的な物品の紛失を個人で補塡するなど、聞いたかぎりは無茶なやり方のようだが、これが実は一般的な手段であった。

最たる例が、受領による税の徴収である。地方が国に納める税が規定分だけ徴収できなければ、理由の如何を問わず不足分は受領がかぶらなくてはならなかった。国家が安定した税収を得るための措置だが、その代わり受領には任国での強い権限が与えられる。規定以上の税を徴収して私腹を肥やした受領が裁かれないのはこのためである。

ゆえに今回は、内侍司の責任者である伊子が補塡しようというわけだ。

しかしながらこの言い分に、一方の責任者である蔵人頭は慌てた。

「そんな、私も半分負担いたします」

内侍司にだけ責任を負わせるなど、蔵人頭の長官としてまともな感覚の持ち主なら唯々として従えるはずがない。三十二歳という伊子と同年代の蔵人頭は、控えめだが芯の強い気質と聡明さで評判の人物だった。ちなみに蔵人頭の定員は二人だが、現状は一人欠員中である。

「いいえ。今回は私にお任せください」

きっぱりと伊子は返したが、とうぜんながら蔵人頭も納得しない。

「さようなわけには……」

「このさいはっきりと申し上げます。私…いえ、左大臣家にとって当帰三包など容易き文出なのです」

身も蓋もない言い分に、御簾向こうで蔵人頭は黙りこんだ。この姉の言い分に、左大臣家の嫡子である実頭がどんな顔をしているのかは多少気になった。

「しかも私には蔵人頭とちがい、養わなければならぬ妻子や親もございません。ここは遠慮なく私にお任せください」

「そ、それをおっしゃるのでしたら、女子の禄は男子より基準が低うございましょう。それに御付きの女房もおおぜいお持ちではありませぬか」

「どうぞご心配なく。私の場合、女房への禄はすべて父が用意してくれております」

なかなか生々しいやりとりのあと、実顕の説得もありついに蔵人頭が折れた。資産力と地位を自慢しているようで気持ちは良くなかったが、門閥出身ではなくおのれの才覚でいまの地位に抜擢されている蔵人頭に、あまり経済的な負担はかけたくなかった。

話が一段落つき蔵人頭と実顕が出てゆくと、入れ違いのように勾当内侍が高内侍を連れて入ってきた。

「高内侍の宿下がりの件ですが、荷物は調べ終わりました。その件のご報告とご挨拶に参りました」

勾当内侍の証言に、伊子は後ろに控える高内侍を申し訳なさそうな顔で見やる。

今回の騒動を受けて伊子は、事態がはっきりするまで女官達の宿下がりを禁止することにした。やむにやまれぬ事情がある場合、衣装や持ち物の確認を受けてからという条件付きだ。盗品を外に持ち出すことを防ぐためである。

「不快な思いをさせて申し訳なかったわね。あなたの宿下がりはずいぶん前から決まっていたものだったのに」

実は既婚者である高内侍は、定期的に実家に宿下がりをして夫を迎え入れている。もちろん夫が御所の局を訪ねてくることもある。通い婚の世では珍しくはない形態で、高内侍はもう四年もそのような状態をつづけているのだという。

伊子の謝罪に、高内侍は首を横に振った。

「いいえ。私のほうこそ、かような時期に申し訳ございません」

「ともかく気をつけて帰って、ゆっくりしていらっしゃいな」

「ありがとうございます」

ぺこりと頭を下げたあと、高内侍はしばしその姿勢のまま顔を伏せつづけていた。なんだろうと伊子が、そしておそらくは勾当内侍も不信を抱きはじめたころ、高内侍はひょいと顔を上げた。

「あの、当帰の件を大宰府に問い合わせてみてはいかがでしょうか」


唐物御覧にかんして帝から直々に相談を受けたのは、翌日の朝餉が済んだあとのことだった。唐物御覧とは、来航に際して唐土の商人が帝に献上した品を披露する儀式で、これらの品は朝廷が買い上げた唐物とは別物である。

「考えすぎたせいか、昨夜は眠りが浅かったよ」

それでも伊子よりずっとつやつやした額を押さえ、帝はため息をついた。少し離れた場所では尚鳴が、心配そうに主君を見つめている。昨夜上臥しを務めたこの少年は、そのまま帝と食事を共にしていた。

「唐物をどのように配分したら丸く納まるものか、考えると頭痛がしてくる」

「確かにそれは悩ましい問題ですわね」

帝のはす向かいで、伊子も顔をしかめる。

唐物御覧で披露した品の幾つかは、妃や臣下に裾分（すそわ）けされることが通例だ。誰にどの品を渡すのかは、相手の体面を考えればかなり気を遣う次第である。

中でも特に帝を悩ませているのが、妃達への配分だった。

現状で帝の妃は二人いる。懐妊中の右大臣（うだいじん）の娘、藤原桐子（ひさこ）こと藤壺女御（ふじつぼのにょうご）十九歳。先の兵部卿宮（ひょうぶのきょうのみや）の娘で、王孫となる茈子女王（さいこにょおう）こと弘徽殿女御（こきでんのにょうご）九歳である。

この二人だけであれば、もちろん気は遣うがそこまで深刻になることもなかった。

まず年齢差があるので、そもそもの好みの品がちがってくる。

桐子のほうに豪華な品が渡った場合、年長者であることに加えて懐妊中で後ろ盾が強いことを理由にみな納得する。逆に茈子のほうに豪華な品が渡っても、これはこれで一番古くから仕える妃であるし、後ろ盾がない彼女を帝が慮（おもんぱか）ったのだろうと渋々でも納得するだろう。

しかし今回はそれではすまない。半月後に新大納言の大姫が入内（じゅだい）してくるからだ。

まだ妃となっていない彼女を無視する手はあるが、入内自体は確定している。しかもあと何日もない。そこを無視して他の二人の妃と差をつけるのも、彼女の後ろ盾を考えれば難しい。桐子の父・右大臣と、大姫の父・新大納言が犬猿の仲だというのが、問題をさらにややこしくしている。

「同じ品物が三つあれば宜しいのですが……」

「献上品にそこまでは求められぬであろう」

若干投げやりに帝は言ったが、もちろん伊子とて本気で言ったわけではない。しかし織物や壺とちがって、香料や生薬であれば三等分にはできる。

（そういえば、当帰を用意しないと…）

偶然ではあるが、三包という同じ数に否が応でも忘れられなくなってしまう。

宿下がりの挨拶に来た高内侍が、現地の大宰府に問い合わせてはどうかと言った。

唐物を買いつけて都に送ってきたのは、現地の役人ではなく朝廷から派遣されている大宰大弐である。その彼に確かに当帰を送ったのかきちんと確認したほうが良いと言うのが高内侍の主張だった。

しかし伊子はそれを退けた。大宰大弐は、購入した唐物と目録を一緒に送ってきた。そこに相違がないのは、蔵人所で確認済みである。しかしその後の内侍司の調べで当帰の紛失が発覚した。つまり事態は蔵人所から内侍司に渡る間で起きたことであり、大宰府から都に渡る過程ではなにも問題はなかったのだ。

それでももう少し近ければ確認の手間ぐらい取っても良いが、大宰府に書状を出して返事を待っている間にひと月は過ぎてしまう。

無益であることを言葉をぼかして説明したが、高内侍は納得せずしばらく食い下がっていた。結局は勾当内侍にも言い含められて引き下がったが、あの粘り（？）には軽く引いてしまった。

（どうして、あんなにムキになっていたのかしら？）

あれが千草や小宰相内侍なら驚きもしないのだが、高内侍は日頃が物分かりの良い女房だけに驚かされた。

「では、尚侍の君にお願いしてはいかがですか？」

あっけらかんとした尚鳴の声に、伊子は物思いから立ち返った。

そうだった。女御達の下賜品にかんして、帝が頭を痛めている最中だった。途中から高内侍のことを考えていて、帝と尚鳴のやりとりをまったく聞いていなかった。

「わ、私がですか？」

なにが自分なのか、意味も分からぬまま確認を取る。話を聞いていなかったとは、さすがに口にしにくい。

「なるほど、私が選ぶより良いやもしれぬな」

妙案だとばかりに、帝は顔を輝かせていた。

（え？　ど、どういうこと？）

事の次第が理解できず、伊子はうろたえつつ二人の少年の顔を見比べた。かもしだす雰囲気は異なるが、従兄弟という関係もあってその顔立ちはどことなく似ていた。

帝の反応を受けて、得意げに尚鳴は言う。

「われわれ男に女人の好むものなど分かりませぬゆえ、ここは同性である尚侍の君に選んでいただいたほうが、女御方にもよい品を御贈りすることができるものと存じます」

要するに唐物御覧で女御達に下賜する品を、伊子に選べということだ。

他人事だと思って気楽に言うな、と危うく声をあげて罵倒しそうになった。

確かに女御達は同性だが、同年代ではない。著しく年が違う。自分の娘のような年頃の茈子と大姫の好みなど、子のない自分に分かるはずがない。十四歳年下の桐子の好みだってはっきり言って怪しい。

ましてはからずも三人の間に不自然な差をつけたりすれば、とうぶんの間、後宮では各所の女房達に、朝廷では右大臣と新大納言に嫌みを言われつづけるだろう。そんな面倒事を引き受けるなどごめんこうむる。

「わ、私より御匣殿のほうが女御様方とお年回りも近く、趣味が高いことでも有名ですので適任かと存じますが……」

今年二十三歳になる御匣殿こと藤原祇子は、裁縫や染色の腕に定評があり、着こなし上手としても有名な上臈だった。彼女であれば若い女御達にふさわしい品々を選んでくれることだろう。

「御匣殿はならぬ」

やけにきっぱりと帝が言った。

「彼女は藤壺の従姉妹にあたる。しかも元々が彼女の女房だ」

ぐうの音も出ない。右大臣と新大納言の関係を案じるのなら、祇子に大姫への下賜品を選ばせるなど愚の骨頂だ。

それに帝は詳しく知らないはずだが、祇子は従妹の桐子に対して並々ならぬ愛情を抱いている。同性同士の色事めいた感情ではないが、忠義や友情ともちがう。とにかく濃い。なにしろ桐子のために、自分が帝の手付きとなることを全力で阻もうとしたほどなのだ。

そんな祇子に、いくら趣味が高いからといって平等な選択などできるはずがない。

それでもなんとかお役目を回避したいと、あれやこれやと必死に言葉をさがす伊子に帝は言った。

「ゆえに私は、あなたに頼みたいのだ」

吸いこまれそうに澄んだ眸にまっすぐに見つめられ、伊子は反論の言葉を無くした。

それでなくともここ数か月はずっとほのかな罪悪感を抱きつづけているのだから、それ以上の拒絶などできるわけもないのだった。

「それで断り切れなくなったのですか」

笑いを堪える嵩那に、伊子は檜扇の内側で頬を膨らませた。

仕事を終えて承香殿に戻った伊子を、嵩那が訪ねてきた。それで伊子は下賜品を選ぶことになった経緯を彼に話したのだ。

先々帝の第五皇子として生まれた嵩那親王は、内親王を母に持つ高貴な二品宮だ。冠直衣姿の袍は、皇族が使用する白の小葵紋。裏にかさねた二藍の衣は、三十歳という節目の年を迎えたからか、昨年よりさらに藍色が濃くなっている。

直衣の裏に使う二藍は、藍と紅花の交染により出される色だ。若い時分は紅が勝り、年を経るごとに藍が強くなる。そうして四十を過ぎると紅色が完全に除かれ、ただの縹色になるのだった。

御簾を隔てずにむきあっていると、そんな細やかな変化にもすぐに気づく。

御簾内に嵩那を招き入れるようになったのは、如月十七日・射礼のあとだった。

承香殿に住まう伊子付きの女房は左大臣家の者達だから、内裏女房達とちがって彼女達の視線を気にする必要がなかった。

そうはいっても男と女の嗜みとして、ほんの数日前までは二人の間には御簾や几帳が存在していた。すでに関係を持ちながらそんな隔てをしたままでいたのは、未だ伊子の入内を望む帝の気持ちを慮ってのことだった。

顕充から伊子と嵩那の結婚を切りだされたとき、帝はひどく混乱していたという。

色々な状況を鑑みた結果、結婚の話はしばらく延期となった。ゆえに伊子は深い関係にありながらも障隔具を置くという、中途半端な現状を受け入れていた。

だがそこに、新大納言家の中の君（貴人の次女）・藤原玖珠子が現れた。若さよりもあどけないという言葉のほうがふさわしい十二歳の少女は、婿として十八歳年長の嵩那に狙いを定め、射礼の日、伊子に宣戦布告をしてきたのだった。

子供の戯言で退けるには、玖珠子はあまりにも優れた姫だった。聡明で愛らしく、いまはまだ蕾だが、いずれ見事な花を咲かせることが容易に想像ができる。

それで伊子はまるで挑発されたかのように、嵩那を御簾内に招き入れたのである。ちなみに玖珠子の思惑を知った嵩那は、自分の守備範囲（？）は上下ともに六歳以内だと言って相手にしていない。思ったよりも狭い範囲なのだと、そのときは思ったりもした。

「笑い事ではありません」

むっつりとして伊子が言うと、嵩那はあわてて笑いを止めた。

「ところで、もう献上品は御覧になられましたか？」

少々わざとらしい話題の逸らし方に、今度は伊子が笑いたくなった。

「いいえ。ですがあとで目録の写しが届くことになっておりますので、それで目途をつけてから拝見しようと考えております」

「さようですか。しかし女御達に下賜をするといっても、献上品の中に女人が好みそうなものがあれば良いのですが……。文選のような漢詩文の書物をいただいても、女御達はあまりうれしくないでしょうしね」

漢詩文は男子には必須の学問だが、女子は下手に知識があると敬遠される。とうぜんながらその教養を持つ女子は少ない。

まことにと相槌を打つ伊子に、嵩那はさらにつづける。

「それに女御達はみな年若い。たとえば当帰のような婦人病の生薬など、いかに貴重品とはいえ貰っても持て余しますよね」

伊子は瞠目した。檜扇の上端から目をむけると、嵩那は決まり悪そうにこめかみをかいている。その反応に伊子はさらに混乱する。

（どういうこと？）

当帰が無くなったことは内侍司と蔵人所の間での秘め事だったはずなのに——。

（実頭か、蔵人頭が？）

ともに疑うような人物ではないが、嵩那と頻繁に口を利ける者がその二人ぐらいしか思いつかなかった。身分的には尚鳴も可能だが、年齢差があるのでそう頻繁に会話をする仲ではない。

まじまじと自分を見つめる伊子に、嵩那は苦笑する。

「すみません、わざとらしい言い方をしました」

「……どなたからお聞きになったのです？」

「え？」

声を上擦らせる伊子に、嵩那は短く声をあげて怪訝な顔をする。

その反応で伊子は、自分の発言が藪蛇であったことを悟った。

「なにかあったのですか？」

さっそく嵩那は追及してきた。それはそうだろう。わざとらしい言い方をしたという彼の発言に対し、誰から聞いたのかという伊子の問いは不自然だ。

そして同じくらい不自然なのが、嵩那がとつぜん〝当帰〟の名称を出したことである。

そうなるとなにかあったのはお互いさまのはず——一瞬ひるみかけたものの、強気を取り戻して伊子は言い返した。

「そちらこそ」

それきり二人は口を噤んだ。

伊子は上目遣いで、嵩那はやや流し目気味にたがいに探るような視線をむける。

「たいしたことではありません」

根負けしたように嵩那が口を開いた。

「新大納言が、娘のために唐物の上質な当帰を手に入れたと言ってきたのです。それでついあのような言い方を……」

伊子は息を呑んだ。

想像もしなかった情報が立てつづけに入ってきて、思考が入り乱れている。

購入品の当帰がなくなったことは、はたして偶然なのか？　それとも新大納言がなにか関与しているのだろうか？

伊子の混乱をよそに、嵩那は愚痴めいた口調で話をつづけている。

「確かに当帰は子宝を授かるのに有効です。入内間近の娘を持つ父親として欲する気持ちは分からぬでもありませぬが、大姫はまだ十三歳ですよ」

一陣の清涼に吹かれたように思考が冷えた。

なるほど。新大納言が当帰を欲するのには明確な理由がある。普通は子がなかなかできぬとあってはじめて準備するものだが、右大臣の娘・桐子の来月の出産にあたって新大納言も必死なのだろう。

ならば問題は、新大納言が入手した当帰と、御所から紛失した当帰が同じ品であったのかの一点である。

「新大納言は、さようなことをいつ話していたのですか？」

幾分落ちつきを取り戻した伊子の問いに、嵩那は少しばかり冷ややかで意地の悪い眼差しをむける。

（え？）

どう受け止めてよいのか分からぬ反応に、伊子は少々ひるんだ。こんな嵩那の表情ははじめて見た――いや、いままでは御簾を介することが多かったので、細やかな表情にまで気が付かなかっただけかもしれない。

「次はあなたの番ですよ」

「……」

「なにがあったのです。新大納言からなにかされたのですか？」

嵩那は尋ねるが、それが知りたくて伊子は彼をさらに問い詰めようとしたのだ。

新大納言が当帰を手に入れた時期が、唐物が内裏に納入される前であれば、彼は今回の事件に関係がない。納入日の蔵人所（くろうどどころ）では、唐物が目録通りに揃っていたことが確認されているからだ。

しかし嵩那は、自分ばかりが情報を提供することは平等ではないといったん伊子の問いを退けた。確かに相手に隠し事をされたまま一方的に探られることは気持ちよくない。逆の立場であれば伊子も不満に思うだろう。

伊子は檜扇の上端から嵩那を見つめ、思案を巡らせた。

ここで嵩那の追及をはぐらかして、直接新大納言に問う手もある。しかし万が一でも勘ぐられたりしたら、相手が相手だけに面倒だ。それならば口止めをしたうえで嵩那から聞いたほうが色々と確実ではないか。嵩那が信頼のおける人物であることは、蔵人頭も実顕も承知しているのだから。

よしっ、とばかりに腹をくくると、伊子は嵩那の傍にと膝行（しっこう）した。そうして彼の耳元に口を近づけ「実は……」と語りはじめた。

「さようなことが？」

当帰紛失の経緯を聞き終えた嵩那は、不可思議そうに首を傾（かし）げた。

「しかし新大納言が当帰を手に入れたのは、内裏への納入より前の話です。もちろん本人の言い分を信じるならばですが」

なかなか穿（うが）った言い分だが、確かに新大納言が今回の紛失に関与しているのなら、入手日を正直に語るはずがない。むしろごまかすために偽りの日にちを口外するに決まっている。

「それに疑われたくないのなら、そもそも当帰を手に入れたなどと吹聴（ふいちょう）することをしないでしょう」

「口外したのは、相手が宮様だからではありませんか？」

少しばかり意地の悪い物言いになった伊子に、嵩那は怪訝な顔をする。伊子は檜扇の内側で唇を尖らせた。

当帰は入内間近な大姫のためだけではなく、中の君、すなわち玖珠子のためのものでもあるのだ。それを敢(あ)えて嵩那に言った新大納言の意図はあきらかだ。なにしろ彼らは嵩那を玖珠子の婿に迎えたいと望んでいるのだから。

　はじめのうち嵩那は、伊子の皮肉の意味が分からないようだった。だがほどなくして察したのか、困ったようにこめかみをかいた。新大納言の圧を持て余していることはあきらかだった。

　三十歳の嵩那にとって、十二歳の玖珠子など娘と同じである。同じ十八歳差でも、四十歳と二十二歳ならなんとか受け入れられるかもしれないが、三十歳の男が十二歳の妻などとまともな感覚の持ち主なら考えられない。玖珠子という少女自身は非常に魅力的な存在ではあるが、嵩那の意中にはまったくないことをあらためて認識し、ひとまず伊子は機嫌を直した。

「ならば新大納言が当帰を手に入れたことは、やはり偶然なのですね」

「いえ、まったく関係がないことはないでしょう」

　水を差すような嵩那の発言に、伊子は目を瞬かせる。

「もちろん新大納言が、御所の当帰を盗んだとは考えてはおりません。ですがこの時期に唐物を大量に手に入れたというのなら、おそらくそれは正当な手法でではないでしょう」

「え？」

「大宰府(だざいふ)の筆頭である大宰大弐は、抜け目がない人物ですから。有力者である新大納言に頼まれれば便宜ぐらい図るでしょう」

苦々しいとも諦め半分ともつかぬ嵩那の表情に、伊子は朝廷が持つ唐物の先買い権を思いだした。

朝廷が取引をする前に個人で唐物を売買することは禁止されている。しかし新大納言は内裏へ納入前に当帰を手に入れていたというのだから、先買いの決まりを無視したことは明白だった。今回の紛失にかんして言えば、それが新大納言の潔白を証明しているというのが皮肉な話である。

おそらくだが新大納言から依頼を受けた大弐は、新大納言の希望する品を取りおいた上での積載品を報告したのだろう。当帰は量に余裕があったから目録にも記されたが、実際にはその存在が朝廷に知らされることなく買い占められてしまった唐物もあったのではないだろうか。

「存じませんでした。大宰大弐がそのような――」

そこで伊子は口をつぐんだ。

――大宰府に問い合わせてみてはいかがでしょうか。

あの意味深な、高内侍の提案がよみがえる。

経緯から考えておよそ意味があるとも思えぬ言い分だが、高内侍は不自然なほどに粘っていた。さして気が強いわけでもなく、強情という印象もなかった彼女の意外なふるまいをあの時は訝(いぶか)しく思った。

あれはもしかしたら、大宰大弐の不正を忠告しようとしたのではなかったのか？

それが今回の当帰の紛失と関係があるかどうかは分からない。だが大弐が不正を働くような人物ならば、関連を調べてみる価値はある。

「いかがいたしましたか？」

とつぜん黙りこんでしまった伊子に、嵩那が問いかける。伊子は物思いから立ち返って嵩那を見た。彼は怪訝そうにこちらを眺めていた。どうしようかという迷いがかすめはしたが、当帰の紛失の件を話しているのだから隠したところでいまさらである。

「実は――」

いっそう声をひそめて、伊子は切り出した。

「住吉(すみよし)に物詣(ものもうで)……」

高内侍の行き先を聞かされた伊子は、気抜けして肩を落とした。

嵩那は自分が悪いわけでもないのに、しきりに申しわけなさそうに頭をかく。

「そういえば式部大夫が、休暇を取っていました」

高内侍の夫・式部大夫は、式部省の三等官で嵩那には直属の部下に当たる。その縁を通じて嵩那は高内侍に連絡をつけようとしてくれたのだが、夫婦で住吉に行っているはずだと次官の式部大輔から聞かされたというのである。

「そうですわね。十日も休みを取ったのですから、遠出していたって不思議ではないですものね」

むしろ遠出をするから、長期の休みを取ったと考えるべきかもしれない。実家で自分の親とともに夫をもてなすより、水入らずで旅行に出かけたというのだから夫婦仲は円満なのだろう。二人は宮仕えをきっかけに知りあい、結婚して数年経つと聞いている。

ふと思いついたように嵩那が言った。

「しかし高内侍の目的が、大君の考えどおり大弐の不正を糾弾することだとしても、彼女のような一介の内侍がなぜそのようなことを知りえたのでしょう?」

「それは私も思いました。ですから、ひょっとして夫君である式部大夫が主導――」

「いえ、それはないと思います」

伊子に最後まで言わせず、嵩那は否定した。

「確かに式部大夫は経験豊富で官人の事情には通じているでしょう。さればこそ、その程度の不正に目くじらなどたてませんよ」

身も蓋もない言い分に思わず顔をしかめかけたが、当帰の紛失をもみ消そうとしている立場としてはなにも言えなかった。

「さようなものでございますか……」

「朝廷が購入した品を横流しにしたというのなら、とうぜん処分されるでしょう。しかしそうではない。それにこの場合、品物を融通してもらった側も共犯ですからね。新大納言がかかわっているのなら余計になにも言わないでしょう」

伊子が気分を害したのが伝わったのか、嵩那の口ぶりは若干言い訳がましかった。別に彼に非があるわけではないのに、つい感情を出してしまった自分を伊子は申し訳なく感じた。甘えているつもりはないのだが、嵩那相手だと自分はどうも子供っぽくなってしまう気がする。

それはともかくとして、式部大夫が嵩那の言うような人物であれば、妻を促して大弐を糾弾するような真似はしないだろう。そうなると伊子が推測した高内侍の動機は完全に的外れだったことになる。

不正の話を夫から聞いた高内侍が正義感から一人で奮い立ったというのも、日頃の彼女のふるまいからは考え難い。

（小宰相内侍なら、やりそうだけど……）

それどころか内裏女房の中でもひと際抜けて気が強い彼女なら、匂わせ振りな真似などせずに、正面から大弐の不正を糾弾するかもしれない。そんなことになれば大騒動だ。人間としては好ましいのだが、内裏という場所ではちょっと厄介なときもある。

もちろん大宰大弐の行いは褒められたものではない。しかし先ほど嵩那が匂わせたように、その程度の掟破りであれば敢えて騒ぐことではないのだ。

では高内侍は、なぜあんなことを言ったのか?

特に気性が激しいとも思えぬ高内侍が、なにゆえ大宰大弐を調べさせようとしたのか。

——それは彼女が個人的に、大弐になにか思うところがあるからではないのか。

伊子はあらためて問うた。

「宮様は大弐と面識がございますか?」

「ええ、ありますよ。大宰府への赴任前ですから二年ほど前になりますが」

「どのような人物でしょう?」

単刀直入ながらも範囲の広い問いに、嵩那は怪訝そうに眉を寄せた。その表情のままさして考える間もなく「普通の人間ですよ」と答えた。

「清廉潔白でもなく、かといって人を殺めて平然としているような極悪人でもないです」

「女人に対して、けしからぬ噂が絶えぬなどは?」

「さような話は聞いたことがありませんね。まあ、妻以外にも通う女人は持っていたようですが、不品行などではなく常識の範囲だったと思います。それも大宰府への赴任をきっかけに途絶えたようです。むこうでどうしているかは存じませんが」

ならば色恋沙汰（ざた）の可能性は低そうだ。そもそも高内侍は、大弐が赴任する前からすでに式部大夫と結婚している。すべての女が夫に対して貞節（ていせつ）であるかと訊かれればかならずしもそうではないが、高内侍がそういう性質（たち）だとは思わない。

しばしの黙考のあと、伊子は諦めたように息をついた。

「なればこの件は、高内侍が戻ってからですね」

焦らずともあと数日経てば戻ってくる。それから尋ねてもなにも手遅れはない。

それにいつまでもこの件に気を捕らわれているわけにはいかなかった。伊子にとって現状での優先事項は、第一に女御（にょうご）達の下賜品（かしひん）を選びあげること。第二に紛失した当帰を探しだすことである。

あっさりと割り切った伊子に、嵩那は苦笑交じりに言った。

「それにしても、次から次へとよく騒動が起きますよね」

「まことでございます。一度大々的に祓（はらえ）をしてもらったほうが良いやもしれませぬ」

「大晦（おおつごもり）に行ったばかりではありませんか」

水無月（みなづき）と師走（しわす）の大祓（おおはらえ）は、一年の中でも特に重要な儀式のひとつである。もちろん昨年末にも盛大に行ったばかりである。

嵩那の指摘に、伊子は頬（ほお）を膨らませた。

「あてになりませぬ。神祇官を非難するつもりはありませぬが、追儺での騒動は大祓の直後に起きたではありませんか」

「なにが起きても大丈夫ですよ。御所にはあなたがいますから」

けっこう軽い口調で告げられた一言に、伊子は目を瞬かせる。何気なくこちらを見た嵩那は伊子と目をあわせると、くすっと声をたてて笑った。

「悪尚侍と、もっぱらの評判ですよ」

「はい!?」

想像もしない呼び名を聞かされ、反応の言葉に戸惑う。この場合の『悪』というのは、善悪における不道徳という意味ではなく、畏怖されるほどの強さという感覚に近い。勇猛な若武者を『悪太郎』と呼ぶのはそれゆえである。

敬遠の意味合いも多少はあるが、男に対してはおおむね誉め言葉である。

しかし女の場合、はたしてどうなのだろう？　というより女人にそちらの意味での『悪』が用いられた例がこれまであったものだろうか。

「悪尚侍がいてくれれば、内裏にはびこる邪など恐れるに値せずとみな口を揃えて言っております」

「い、いつからですか？」

「大嘗祭の御前試で、不埒者達を一喝したあたりからぽつぽつと評判になってはおりましたが、追儺のときの気丈さから皆が口を揃えるようになりましたよ」

「さような以前からですか？」

全然知らなかった。

呆気にとられる伊子に、嵩那は面白そうに言った。

「蛍草蔵人などは、あなたがお仕えしているかぎり、主上は明王の加護を受けるより安全だと言っておりました」

「……」

いかにも尚鳴が言いそうな大袈裟な表現だが、嵩那を前に言われたのかと思うとなんとも調子が悪い。

なにしろ帝に仕えつづけることは、そのまま嵩那との結婚延期につながるのだから。

帝の尚侍として世から求められれば、その分だけ伊子の辞官は遠のく。それは嵩那との結婚を望むのであれば好ましいことではない。

「身に過ぎた言葉でございます」

不自然に声を低くして答えたのは、感情を抑えるためだ。

尚侍としての仕事ぶりが、敬遠されながらも人々にも認められている。

『悪』という通常は女には使わぬ表現には、多少の侮蔑や苦々しさはあるのかもしれない。

だからこそ却って誇らしいではないか。

しかしその喜びを、嵩那に気付かれてはならない。

結婚をしたなら妻として納まり、左大臣家の婿として自分を迎え入れてくれる。公卿の娘として、親王妃の常識としてとうぜん伊子がそう動くと思っているであろう嵩那に、いまのこの気持ちを気付かれてはならないのだ。

このまま尚侍をつづけたい。

後宮職員の数多の女官。年若い女御に、彼女達に仕える女房達。内裏に出入りする公卿に官吏。時にはいがみあいもする彼らと共に内裏を切り盛りし、この国と帝を支えたいと思っている。

嵩那を愛している。彼の妻になりたいという気持ちに揺らぎはない。

いっぽうで帝を支えたいという思いは、日に日に強くなっている。

二つの異なった願いが同時に心の中に存在し、そのどちらにも偽りはなかった。

かといってこれが心変わりではないと強弁しても、はたして信頼してもらえるものかどうか。

おそらく無理だろう。伊子が嵩那の立場であれば、容易に納得できそうもない。だからこそうまく伝える術を考えつくまではこの件には触れられない。

「まったく……あなたがいなくなったら御所はどうなりますことやら」

不意打ちのように告げられた嵩那の一言に、伊子は息をつめる。

おずおずと檜扇(ひおうぎ)の上端から眼差(まなざ)しをむけると、嵩那はいつもと変わらぬ涼やかな表情を浮かべていた。

ここで敢(あ)えて踏みこむべきか、踏みこまざるべきか。

しばし逡巡(しゅんじゅん)はしたものの、うまく説明する言葉を持たぬうちは自分から口にするべきではないと判断し、伊子は気持ちを切り替えるように檜扇の上で目を細めた。

対して嵩那はそれ以上その件には触れず、そのあと大宰大弐と式部大夫の話を少ししてから帰って行った。


それからほどなくして、蔵人所から献上品の目録が届いた。

女御達の下賜品を選び出すための目録である。

それ自体は話を聞いていたが、驚いたのは五位蔵人である尚鳴がわざわざ内侍所まで出向いてきたことだった。御物ならともかく目録だけなのだから、もっと下位にある非蔵人(ひくろうど)や雑色(ぞうしき)でも事は足りるはずだ。そもそも伊子は毎日のように清涼殿に足を運んでいるのだから、そこで待っていればよかっただろうに。

　そんなことを考える伊子をよそに、取次役の命婦は妻戸のところで「蛍草の君にお出でいただくなど、恐縮ですわ」などと弾んだ声をあげている。彼女のみならず女達は、女嬬や端女にいたるまでこの絶世の美少年の参上に浮かれたっていた。面倒くさそうな顔をしているのは母親の勾当内侍だけである。

「なんでしょう、わざわざ？」

　隙あらば訪ねてこようとする息子に、母親のほうは若干閉口気味のようだった。この年頃の息子であれば普通は母親のほうが疎まれるものだが、ここは常に逆である。

　どこまでも素っ気ない勾当内侍に、苦笑交じりに伊子は言った。

「五位の蛍草の君を遣わすぐらい、蔵人頭も内侍司を尊重してくださっているということでしょ」

「未熟な五位より、経験豊富な雑色のほうが信用できると思いますけど」

「この件にかんしては切っ掛けを作ったのが蛍草の君だから、彼も気を遣っているのかもしれないわ」

「その件ですよ！」

　勾当内侍は少し声を大きくした。

「申し訳ありません。息子が軽口を叩いたばかりに、尚侍の君に面倒なことをお引き受けさせてしまって」

「ああ……」

気にしないで、とは口が裂けても言えない。なにしろ尚鳴のあの発言を聞いたときは、怒鳴りつけたいとさえ思ったのだから。しかし童子というのならともかく、すでに仕官している子の文句を親に言うつもりはなかった。

「大丈夫よ。なんとかするから」

力強い伊子の物言いに、勾当内侍は恐縮した顔をしていた。女御達の下賜品を選び出すという行為がいかに神経を使わなければならぬものか、この辣腕女官には容易に想像ができるにちがいない。尚侍としてはもちろんだが、左大臣の大姫として非常に繊細な選択を迫られる。

伊子は檜扇をかざすと、綾織の裳を引きつつ廂の間に出た。

尚鳴はすでに待機していた。身に着けた位袍は新しく誂えたものなのか、ぴしっと糊を利かせた深みのある鮮やかな緋色が、初々しい美貌をことさら映えさせている。

「まあ、とてもよく仕上がったお召し物ですね」

着座した伊子が言うと、尚鳴は少し複雑な顔で答えた。

「四条の北の方が、新しく準備してくださったのです。位階を授かったときに誂えていただいたばかりなので申し訳ないのですが……」

奥にいる勾当内侍に気遣ってなのか、その声音は普段より低めである。

四条の北の方とは、左近衛大将の正妻のことである。自身に子がないことで複雑な思いもあるとは思うのだが、夫のたった一人の子である尚鳴にはなにかれと世話をしてあげていると聞いている。

一疋の綾を位袍の深緋に染めるには、茜が大四十斤、紫草が三十斤必要とされる。染め色を濃くするには、とうぜんながら染料を多く必要とするので、そのぶん費用もかかる。細分化されていた前代の位袍が、同系色だと濃い色のほうが浅い色より位が高かったのはそのためである。

その中でも赤や紫の染料は高価なので、資産のある者にしか扱えない。

深緋の袍を短い期間に二枚も誂えてもらったというのだから、市井育ちの尚鳴はなおさら恐縮するだろう。しかも北の方からすれば彼は妾の子なのだから、良くしてもらえばもらうほど複雑な思いを抱くやもしれない。

これは奥にいる勾当内侍も、さぞかし複雑な気持ちであろう。

息子を自分から離さなければという危機感とは別に、勾当内侍は尚鳴の母であることを極力口にしない。それは左近衛大将の唯一の子供という尚鳴の立場と、北の方の心情を慮ってのことである。縹色の下位の袍は母として準備してやっても、緋色の五位の袍を準備することは遠慮していた。

一夫多妻の上、結婚の制度が曖昧な世では、家族構成はどうしたって複雑になる。聡明な勾当内侍はもちろんだが、日頃忖度のない言動が目立つ尚鳴も、彼なりに気を遣っての抑えた物言いだったのかもしれない。

気の毒に思いながらも、尚鳴には珍しい遠慮がちな態度は少し笑えてしまう。それで伊子はついからかうように言ってみる。

「でもとてもよくお似合いですわ。今後も橡の袍など召されずに、そのお姿を留めていていただきたいぐらいに思ってしまいますわ」

「橡だなんて、緋色で十分ですよ」

悲鳴のような声をあげた尚鳴に、ついに伊子は声をあげて笑った。

橡の袍とは黒の袍のことで、四位以上の者が着用する。尚鳴はいま五位だから、順調に昇進すれば数年内に着ることになるだろう。半年ほど前まで縹色の衣を着ていた身としてはついていけないところがあるのかもしれない。

尚鳴は困った顔をしているが、伊子のほうはこれで下賜品の軽口に対しての仕返しができたと小気味が良い。

ほどなくして伊子の笑いが納まると、尚鳴は困惑気味に言った。

「内裏の皆さまのお心遣いの数々には心の底から感謝しておりますが、身分を得ると面倒な事態や細やかに気を遣わねばならぬことが多くなって……私はただ主上にお仕えしたいだけでございますのに」

なんとも正直な言い分はらしくて好ましいが、尚鳴が細やかに周りに気を遣っているとはとうてい思えなかった。おそらくだが彼が言う面倒な事態とは、玖珠子にも関連した一連の結婚話のことであろう。

「その主上も、蛍草殿のご結婚には心を砕いておられますよ」

伊子が諭(さと)すと、尚鳴は艶(つや)のある白い頬(ほお)を膨らませてぷいっとそっぽをむいた。さすがに母親と結婚できるとは考えていないだろうが、それ以外の女性が眼中にないのは相変わらずのようだ。男の子を持つ女房の中には羨ましいなどと言っている者もいるが、実際に勾当内侍の立場にたてばそうも言っていられない。

「結婚などと……」

投げやりに尚鳴は言った。

「さような形式を取らねばならぬ利点が、私にはよく分からぬのです。だいたいそれがなんの約定になるというのですか?」

「はい?」

予想外の尚鳴の主張に、伊子は目をぱちくりさせる。

「たとえ露顕(ところあらわし)をして世間に認められたところで、罰則がないのなら心変わりを止めることはできませぬ。特に待つ身の女人(にょにん)は、夫が通わなくなればそれで終わりではないですか」

語気を強める尚鳴に、ひょっとして自分の両親のことをあてこすったのかと思った。

北の方の流産を理由に勾当内侍と別れた左近衛大将の対応は、話を聞くかぎりかなり誠実だったが、圧倒的に母親贔屓の尚鳴はそのぶん父親に対して辛辣なのだ。

加えて半年前まで一伶人に過ぎなかった尚鳴には、公卿の息子としてふさわしい家柄の妻を迎え、子を作って家を盛り立ててゆかなければという考えがまだない。しかも父親である左近衛大将からも、彼の呑気な性格もあって、いまのところは叱責も急かされもしていないらしい。

偏見としか思えぬ尚鳴の結婚観に反論はあるが、親がなにも言わぬのなら伊子がとやかく諭すことでもない。相槌を打ちながら話を聞いていると、近くに控えていた沙良が乗っかってきた。

「そうですよね。こうして宮仕えでもしておれば、女でも自分で新しい相手を見つけることもできるでしょうが、家刀自ではなかなかそうはまいりませんものね」

こちらも彼女の背景を考えれば意味深である。亡くなった沙良の両親はそれなりに良好な関係の夫婦であったらしいが、異母弟・真沙の母親が不幸な結婚を繰り返し、そのあげくに真沙は不遇を強いられる身となった。その真沙だが、いまは沙良の実家でもある先の若狭守の家で穏やかに暮らしているそうだ。

若くして色々な経験をした二人が現実的でしっかりしているのはけっこうだが、花も恥じらう十五、六歳の美少年と美少女が、恋にかんしてずいぶんと夢も希望もないことを言うものだ。

調子づいてなおも言いつのろうとする沙良を、さすがに勾当内侍が押しとどめた。

「家刀自となって夫と子に尽くし、そのぶん夫と子から尽くされて幸せに生涯（しょうがい）を過ごす女人も大勢いますよ」

「ですがたまにしか通ってこない夫をあてもなく待つぐらいでしたら、夫を得ても宮仕えをつづけて、自分が会いたいと思うときに里下がりをさせていただいたほうが心穏やかにすごせるものと存じます。現に高内侍様もそうなされておいでなのでしょう」

「高内侍は結婚をしたときから、子供ができたら宮仕えを辞めて家刀自として納まりたいと言っています」

言い慣れたことのように勾当内侍は語ったが、伊子ははじめて知った。高内侍は数年前に結婚したから、その当時に将来の計画として話していたのかもしれない。いまのところ子がないから宮仕えをつづけているというわけか。

「え、そうなのですか?」

気抜けしたように言う沙良に、勾当内侍はため息まじりに言う。

「高内侍は高内侍。あなたはあなたです。自分が家に納まりたくないと思うのなら、結婚をしても子供を産んでも宮仕えをつづけなさい」

「でもこの間みたいに香炉をひっくり返したりしたら、馘にするからね」

若い命婦のからかうような物言いに、沙良は顔を真っ赤にする。その場にいた女房達がいっせいに声をあげて笑った。実はつい先日、沙良は香炉をひっくり返して床を灰だらけにするという粗相をおかしてしまっていたのだ。火がついていなかったので大事にはならなかったが、まいあがった灰でその場にいた全員が咳きこんでけっこうな騒ぎになった。それ以来、この騒動はときおりからかいの種になっているのだった。

「へえ、若狭殿がそのような失敗をなさるとは珍しいですね」

ついには尚鳴にも笑われ、沙良は肩身が狭いように身をすくめている。日頃は気丈な彼女のそんなふるまいがおかしくて、女房達の笑い声はいっそう高くなった。

そんな中で、伊子だけが一人別のことを考えていた。

尚鳴と沙良の、おそらくは生まれ育ちによるやたら合理的な結婚への価値観は目から鱗だった。だがそれよりももっと衝撃的だったのは、勾当内侍の一言だった。

自分が家に納まりたくないと思うのなら、結婚をしても宮仕えをつづければよい。

ひとつ年上の部下のこの言葉は、伊子の胸に深く突き刺さった。

もちろん自分と沙良とでは、立場がまったくちがうことは承知している。それでも世の常と照らしあわせて伊子が迷いつづけていた願望を、なんの躊躇もなく肯定してくれたことには勇気をもらえた。

——考えをきちんと整理して、自分の気持ちを嵩那に説明する言葉を探さなくては。

女房達の笑いが静まった頃、尚鳴は懐から蛇腹に畳んだ陸奥紙を取り出した。

「雑談が長くなってすみません。目録をお渡しします」

などと澄まして告げた尚鳴だったが、間近にいた沙良が受け取ろうと近づくとまたもや笑いを堪えるように顔をゆがめた。結果として沙良は頬を膨らませたまま目録を伊子に手渡すこととなった。

少年少女の子供じみたやりとりを微笑ましく感じながら、伊子は目録を広げる。白い陸奥紙に記された行書は尚鳴の手蹟であった。商人から提出された目録をここに持ってくるわけにはいかないので写しを作ったのだろう。能筆とまでは言えないが、一文字一文字を丁寧に書き綴っている。

記された品目を伊子はざっと一瞥する。

陶磁器に漢詩文集。綾錦に刺繍画等々、交易を許可してもらうために商人が帝に献上した品々は珍しいものばかりで、品物を見ずとも文字を追うだけで本来ならばわくわくしていただろう。しかし今回は女御達への下賜品を選ぶという目的があるので、そんなことも言ってはいられない。

右から左にと視線を動かしていた伊子だったが、後半部のある箇所に墨が染みのように散っていることに気付いて視線を留める。

「いかがなさいましたか？」

目敏く気付いた尚鳴に、伊子はたいしたことではないというように敢えて微笑みを浮かべて言う。

「急いでお書きになったのでしょう？　墨が乾かないうちに紙を折ったから、にじんでしまっていますよ」

「え!?」

思い当たる節があるとみえ、尚鳴はさっと口許を押さえた。その反応に沙良が少しばかり小気味よさげな顔をしたのは見ないふりをする。

「すみません。目録は早くに写していたのですが、書き忘れに気付いてこちらにうかがう直前に末尾に書き足したのです。その墨が折りあわせた側に写ったのだと思います」

「末尾？」

途中を飛ばして最後の品目に目をむけると、確かに他に比べて不均等な横幅で書きこまれているうえに、がっちりと墨がにじんでいる。

（でも、これって……）

こんなものは間違いなく女御達の下賜品には選ばない。いくら男子でも考えたら分かりそうなものだし、であれば慌てて書き足す必要もなかっただろうに。もっともそのあたりの行動こそ、融通の利かない尚鳴の気質に由来しているのかもしれないが。

「そのように慌てずとも、口頭でおっしゃっていただいたら大丈夫ですよ」

「まことでございますね。見苦しいものをお渡ししてお目汚しをいたしました」

尚鳴は照れ隠しのように笑うが、伊子は書き足された品目が気になってうわの空気味に相槌を打つ。

（すごい、こんなものが献上されていたのね）

愛読している例の説話集の中にも出ていたが、実在するものとは思っていなかった。唐物御覧のときに、これを披露してくれるのだろうか。だとしたら、ものすごく楽しみだ。

（他にも、なにかないかしら？）

胸をときめかせながら目録を追う。先ほどまでは女御達への下賜品のことが気にかかって楽しく思えなかったが、尚鳴が書き足した品を知ってからは、がぜんわくわくしてきた。

そのときだった。

あたかも水面に泡が生じるように、ひとつの考えがとつぜん思い浮かんだ。

（あれ？）

後涼殿で購入した唐物を整理していたときのことが、絵のように鮮明によみがえる。

二人一組で作業をさせ、万が一にも盗難など起きぬよう伊子は目を光らせていた。にもかかわらず目録との照らし合わせのさいに盗難が発覚した。

けれど、本当にそんなことが可能だったのだろうか？

伊子は目録から顔をあげた。廂の間を見渡すと、艶やかな唐衣裳を着た女房達がきょとんとした顔でこちらを見つめていた。


「当帰がいらなくなった!?」

実顕は御簾のむこうで驚きの声をあげた。

目録の確認を終えて内侍所を引き上げたあと、いったん承香殿に戻って実顕を呼びつけたのだ。

「見つかったのですか？」

「そのあたりはまだ断言できないから、確認を取るまでもう少し待ってほしいの。だから当帰を手配するのは、いったん止めておいてちょうだい」

「はあ？」

解せないとばかりに、実顕は露骨に不審げな声をあげた。急に呼び出されて、なんの説明もなしにこんなことを言われても納得できるはずがない。それでも争いごとが苦手な弟は、姉のこの一方的な要求を了解した。

実顕が帰ったあと、伊子は千草を伴って校書殿にむかった。校書殿とは清涼殿の北側に位置する殿舎で、蔵人所の詰所がある。

山鳩色の単と繁菱の綾に海松を摺り置いた裳を引きつつ渡殿を進んでいると、弘徽殿側の通路から嵩那がやってきて鉢合わせた。察するに姪でもある王女御こと茈子女王を訪ねてきたところであろう。彼は親王色の深紫の袍に、雲立涌紋様の指貫をあわせた衣冠を着ていた。

「大君、いかがなされたのですか？　そのように急いで――」

「宮様！　ちょうどよろしゅうございました」

嵩那は目をぱちくりさせるが、伊子はここぞとばかりに彼につめよる。

「分かりました」

「なにがですか？　下賜品ですか？　それとも当帰ですか？」

嵩那は怪訝な表情で尋ねる。ちなみに〝当帰〟という言葉を言うときは、さすがに声をひそめていた。なりゆきで話すことになってしまったが、本来であれば当帰の紛失は、内侍所と蔵人所の間での秘め事だったのだ。

しかし事情はすでに変わっている。

「当帰です」

伊子は答えた。

「しかもどうやら、宮様にもかかわってくることのようですわ」

「はい？」

嵩那は訳の分からぬ顔をしている。女御達への下賜品ならともかく、当帰の紛失に自分がなぜ関与しているのか、すぐには理解できるはずもない。かまわず伊子は嵩那の腕をがしっとつかみ、そのまま強引に踵を返そうとした。

「一緒においでください」

「ど、どちらにですか!?」

「校書殿です」

そのまま有無を言わせず、伊子は彼を引っ張っていこうとした。男女の体躯差を考えればとうていできるわけもないのだが、千草が加勢して嵩那の背中を押したので、彼は半ば強引に引きずられてゆく形になってしまった。


蔵人所に残っていたのは、蔵人頭一人であった。

偶然かつ幸いな事態に、伊子は少し安心する。この時間なら帰っていても不思議ではなかったし、そうでなくとも詰所に他の蔵人が残っていることもあり得た。

文机にむかっていた蔵人頭は、筆を握ったまま伊子と嵩那の顔を交互に見比べた。どういった組み合わせだと訝しく思っているだろう。世間的には親しい友人同士とされているものの、連れ立って蔵人頭を訪ねる意図は分からない。

「いかがなされたのですか？」

「海商から奏上された目録を見せてください」

この場合の目録とは、上陸を許可された商人が朝廷に提出するために記したもので、今回の渡航で積載していた品物全てが記録されている。

藪(やぶ)から棒とも思える伊子の要求に、蔵人頭は目を白黒させる。当帰がなくなった経緯を考えれば、重要なのは朝廷が購入した品の目録であって、積載品の目録を調べる必要はない。

「な、なにゆえですか？」

「見てから説明をします！　当帰の件が分かるかもしれないのです。はやく出してください」

「え？　いや、尚侍!?」

身を乗りださんばかりにして急(せ)かしてくる伊子に、蔵人頭は焦った顔で、少し後ろで立ち尽くす嵩那に目をむけた。蔵人頭の認識では当帰の件は蔵人所と内侍司の極秘事項だから、部外者の嵩那に聞かれてよいはずがない。いっぽうの嵩那も、事情も聞かされずにここまで連れて来られたのでなにも説明できないでいる。

「その、なぜ式部卿宮(しきぶのきょうのみや)様が……」

「こたびの件、実は宮様にも関係があるようなので、先ほど事情をお話ししてお連れしました」

嵩那は仰天した顔で伊子を見た。言うまでもなく嵩那が当帰の件を聞いたのは、数日前のことだ。それを先ほど教えたなどと、口から出まかせにもほどがある。

しかし伊子には伊子の思惑があった。

事情があってのこととはいえ、今回の件を嵩那に話してしまったのは伊子側の反則行為だ。そのことを正直に告げてしまえば、内侍司は蔵人所に借りを作ってしまう。

しかし嵩那に関係があるから話したのだと説明すれば、借りにはならない。

蔵人頭は信用できる人間だが、御所では迂闊に弱みは見せられない。

「宮様になんのご関係か？」

「それを説明するために、目録を見せていただきたいのです」

一方的にまくしたてる伊子に、蔵人頭は気圧されたように頷くと、いったん奥にと入って行った。

「大君、どういうことですか!?」

ここぞとばかりに抗議の声をあげる嵩那を適当にかわしているうちに、蔵人頭が巻子本をひとつ手に戻ってきた。

「お待たせいたしました。こちらが大宰府から届いた、積載品の目録です」

折本か冊子のほうが調べやすいのに、とは思ったが口にしてもしかたがない。綴じ紐をほどき、転がすようにして床に広げる。一丈ほどもありそうな長い紙に、唐物の品名とその分量が黒々とした墨で箇条書きに記載されている。

伊子は床に手をつき、覆いかぶさるようにして目録の文字を追いかけた。それでなくとも漢字が多いうえに、特に漢詩文の題名や生薬の名称などは見慣れない文字が多い。だからこそ神経を集中して、目を皿のようにして端から端まで紙面を探す。一度だけでは足らず、確認のためにもう一度頭から見直す。

そうやって二度見終わったあと「やはり……」と伊子はもらした。

「なにがですか?」

頭上から聞こえた声に顔をあげると、目録を挟んだ向かい側で、嵩那と蔵人頭が腰をかがめて伊子を見下ろしていた。下からのぞき上げるようにして彼らと目を合わせると、伊子は目録をぱんぱんと手で叩いた。

「お二方とも、ご確認ください」

「なにをですか?」

「当帰の記載にかんしてです」

嵩那と蔵人頭は目を見合わせ、まずは蔵人頭が回りこんできた。伊子が譲った場所に膝をついて目録を見下ろす。右から左にと視線を移動してゆくうちに、次第に蔵人頭の表情が険しくなっていった。

「……これは」

「え?」

嵩那も訝し気な声をあげた。彼は中腰の姿勢のまま、蔵人頭の背中越しに目録を眺めていたのだ。

「お気づきになられましたか?」

伊子の問いに、嵩那達は二人とも返事ができないでいた。おそらくだが状況がまだつかめていないのだろう。

だが、実態の認識はできているはずだ。

「今回の積載品の中に、当帰はありませんでした」

三人で確認したのだから見落としなどあるはずがない。

今回大宰府から奏上された積載品の目録の中に、当帰は記されていない。ならば朝廷が購入できるはずがないのだ。

「つまり今回内裏(だいり)に納入された購入品の中に、最初から当帰はなかったのです」

「どういうことですか?」

蔵人頭は声をあげた。

「私どもが内侍司(ないしのつかさ)にお渡しした目録には、当帰とはっきりと記してあったではありませぬか」

「なれど蔵人所のほうでは、目録と実際の品物を照らしあわせて落としがないことを確認されたのであって、購入品のすべてを丸暗記しているわけではないのですよね」

購入品の種類が多かったうえに、生薬名は馴染(なじ)みがないので覚えていないと尚鳴は言っていた。つまり蔵人所で確認されていたのは当帰の有無ではなく、目録が正しいか否(いな)かだけだったのだ。

伊子の指摘に、蔵人頭は唇をうっすらと開く。

人間の記憶力を考えれば大量の購入品をすべて覚えられなくてもとうぜんだし、そもそも目録はそのために準備されている。これを落ち度とするのは気の毒である。

とはいえ蔵人所からすれば「最初からなかった当帰に気付かなかった」というのは、あきらかに自分達の失態である。

「おそらくですが当帰の名称は、目録が蔵人所から内侍司に渡る直前に書き足されていたのでしょう」

「なぜ、そんなこと……いや、それよりも誰が!?」

とうぜん出てくる蔵人頭の疑問だが、伊子は答えるのにしばし躊躇(ちゅうちょ)した。

誰がやったのかは分かっている。ただなんの駆け引きもなく、言ってしまってよいものかどうか――。

「なるほど、それで私にも関係があるかもとおっしゃられたのですね」

合点がいったというように、嵩那が声をあげた。

なんの打ち合わせもないとつぜんの発言に、伊子は目を瞬かせる。

(え、なにを言うつもりなの？)

自分はなんの説明もなく一方的に嵩那を引っ張ってきたくせに、勝手なことに伊子は狼狽えた。嵩那はちらりと伊子のほうを一瞥してほくそ笑む。最近になって知った、あのちょっとだけ冷ややかな意地の悪い微笑みだ。

「あなたの部下、高内侍の夫。式部大夫は私の部下ですから」

住吉から戻ってきた高内侍を問いつめると、蔵人所から受け取った目録に『当帰』という文字を書き足したことを白状した。

承香殿にあらためて整えさせた局では、伊子が高内侍にむきあい、几帳を隔てた先に嵩那と蔵人頭が座っていた。周囲を衝立や屏風でがっちりと囲い、人が近づかぬように千草に見張りをさせている。

「なぜ、さような真似をなされた？」

几帳のむこうから蔵人頭が尋ねた。怒っているというよりは混乱しているような声音だった。事情も分からぬままやみくもに大声をあげるような人間ではない。にもかかわらず高内侍は、蛇に睨まれた蛙のように委縮してしまっている。

「その……」

「私に大宰府に連絡を取らせて、大弐の不正を暴こうとしたのですか？」

伊子の問いに、高内侍は一度びくりと肩を揺らしたあと、項垂れるように首肯した。

蔵人頭は驚きの声をあげた。

「なんと、不正!?」

「ご心配なく。大したことではありません」

きっぱりと伊子が言うと、高内侍は背を杖かなにかでつかれたように顔をあげた。その瞳には、はっきりとした衝撃が湛えられていた。しかし伊子は平然として、抗議するように自分を見る高内侍の視線を受け止めた。

もちろん承知している。不正は良くないことで、決まりとはどんな小さなものでも建前上は守るために存在する。

しかし高内侍のこのやり方は、あきらかに間違っている。同情の余地はあっても、彼女には大弐や新大納言を責める資格はない。

「大したことはないと申されましても、不正とは穏やかではありません。大弐はいったいなにをしたのですか？」

戸惑いがちに蔵人頭は訊いてくる。几帳を隔てた先で、伊子と高内侍が感情をぶつけあったことなど彼は気付いていない。

「いまのところは憶測ですが……」

そう前置きをしてから、伊子は説明をはじめる。

「大宰府が朝廷に提出した積載品の目録に、本来であれば当帰はなかった。しかし同時期に新大納言が、唐渡りの当帰を手に入れたと吹聴していた。もちろん別の経路で入手したということも考えられますが、時期的にいって今回の入港と無関係ではないでしょう」

「……なるほど」

蔵人頭は苦々しい声で相槌をうった。彼も第一線の官僚だ。この伊子の説明だけで事情は察したのだろう。そして大したことではない、という伊子の意見に同意したのだ。

本来であればすべてを記載しなくてはならない積載品の目録から、大弐は故意に『当帰』の項目を削って提出した。確実に新大納言に融通するためである。

こたびの入港で、朝廷が当帰を求めるか否かは分からない。しかし目録に記載しなければ買いつけるという話にはならない。当帰をまちがいなく新大納言に渡すために、入荷しなかったとして報告したのだ。

褒められた行いではないが、その程度の不正は誰でもやっている。唐物使が派遣される前に、王卿や地元の有力者が貴重品を買い占めてしまう事例は枚挙に遑がない。

伊子達のやり取りに、高内侍は淡蘇芳の表着の上で両手を握りしめている。大弐の不正を容認する方向に反発しているのだろう。

苦いものを無理矢理呑まされたような気持ちだった。自身が公明正大になれぬことへの居たたまれなさと、いい年をして青二才のように物事が分からぬ高内侍に対する憤りという、相反する感情が伊子の胸の中で渦巻いていた。

気持ちを落ちつけるために、伊子はひとつ息を吐いた。

心を強く保て。自分は公明正大ではないが、高内侍のしたことを考えれば一方的に非難される謂れなどないのだ。

「なぜ、このようなことをしたのですか?」

伊子の詰問に、高内侍は怒ったように反撃する。

「ですから大弐の不正を——」

「私が訊きたいのはそこではありません。新大納言がかかわっている以上、この程度のことで糾弾はできません。さようなことぐらい、宮仕えが長いあなたであれば端から承知しているでしょう。それなのになぜこんなことをしたのかと訊いているのです」

「……それは」

「そもそもあなたには、新大納言を責めることはできないはずです」

伊子の指摘に、高内侍は表情を強張らせる。

　そのとき衝立のむこうから千草が入ってきた。四枚綴りの巨大な軟錦衝立には柔らかい色調の月次絵が描かれている。千草は顔馴染みでもある高内侍には目もくれず、伊子にむかって言った。

「式部大夫が参りました」

　夫の名に高内侍は驚愕に目を見開く。嵩那達がいる几帳のむこうに通すように命じ、伊子はふたたび高内侍のほうにむきなおった。

「なぜ夫が……」

「ここまできたら、どうせ夫君には話をしなければなりません」

　あきらかに狼狽している高内侍に、ぴしゃりと伊子は言った。

　高内侍は雷に打たれたかのように身体をびくりとさせた。おびえと羞恥がないまぜになった複雑な表情が、やがて半泣き顔にと変化していく。この反応からすると、今回の騒動は高内侍の単独行動で、式部大夫は与り知らぬことやもしれない。だとしたら知られたくはなかっただろう。

　胸が痛んだが、ここで揺らいではならぬと言い聞かせる。この場には蔵人頭もいる。今回の件をできるだけ穏便に済ませてもらうには、まずは上司である伊子が高内侍に厳しく対処する姿を蔵人頭に見せなければならないのだ。

　とはいえ項垂れる高内侍を見ると哀れでもあり、やはり勾当内侍に同席してもらって慰め役をしてもらえばよかったと後悔もする。

頭をひとつ振って気持ちを切り替えると、伊子は几帳のそばにいざりよった。ほころび（几帳にもうけられたのぞき穴）の向こうに、五位の緋色の袍をつけた三十歳前後の男が座っていた。面識はなくとも位袍で式部大夫だと分かる。

「妻のことで話があるとお聞きしました」

そう尋ねた式部大夫の声には、はっきりと困惑がにじみでていた。しかし言葉そのものはしっかりしており、言い逃れや自己保身よりもまずは実情を知ろうとする、いかにも堅実な官吏らしい姿勢が見て取れた。

「詳しいことは、あちらの尚侍の君から聞くがよい」

嵩那の言葉に式部大夫は視線をこちらにと動かす。伊子はとっさに几帳から後退りをする。宮仕えで頻繁に殿方とは顔をあわせているのでいまさら恥ずかしくもないが、さすがにこの状況はのぞき見が見つかったようで調子が悪い。

自らの座に戻ると、ひとつ咳ばらいをしてから口を開く。

「単刀直入に訊きます。大宰大弐に当帰を融通してもらうように頼みましたね」

式部大夫がどんな表情をしたのかは、帳があるのでもちろん分からない。彼はあたかも虚をつかれたかのように即答をしなかった。目の前の高内侍はすっかり項垂れてしまっている。

「……はい。確かに依頼いたしました」

ややおいて、ぎこちなく式部大夫は答えた。

「大弐の赴任が決まったとき、入荷したのなら手に入れて欲しいと依頼しました。妻には当帰が効くと、典薬寮の医官が申したものですから」

「北の方はどこかお悪いのか？」

蔵人頭が尋ねる。この状況で高内侍の心配ができるあたりから、彼の善良さが図れるというものだ。

「いえ、されどなかなか子ができぬものですから相談を……」

「当帰は婦人病の妙薬ですが、子宝を授かる効能もあるとのことです」

式部大夫の説明を嵩那が補足する。別に蔵人頭にかぎらず、一般的に男性は婦人病の薬には明るくない。嵩那とて新大納言の吹聴により、最近その知識を得たにすぎない。

当帰ではなくとも、個人が大宰府の官人に唐物を融通して欲しいと依頼する。これ自体は別に違法ではない。朝廷の先買い権を優先したうえでも、都より早く市場に出回る大宰府や博多のほうが品物は手に入りやすいからだ。

しかし個人的な関係や、相手の地位によって官人が忖度することは多いにある。要求する側もそのあたりはとうぜん見越している。

要するにこの夫婦も、新大納言と同じことをしていたのだ。

大したことはない不正をすることで、当帰は問題なく入手できるはずだった。しかし新大納言の横槍が入った。式部大夫と大宰大弐の親密度は知らぬが、よほどの親友でもないかぎり新大納言のほうを優先するだろう。

釈然とせずとも、夫婦は表立って大宰大弐を責めることはできない。なぜならもともとの彼らの要求こそ合法と違反の間にある曖昧（あいまい）なもので、それを表沙汰（おもてざた）にすれば自分達に批判の矛先（ほこさき）が向きかねないからだ。

とはいえこのまま泣き寝入りは腹立たしい。ゆえに高内侍は、こんな回りくどい手段で大宰大弐を糾弾しようとしたのだ。当帰と敢（あ）えて指定した問い合わせが都からくれば、脛（すね）に傷を持つ身である大弐は少なからず動揺（どうよう）する。経緯によってはそこからボロを出して追及することができるかもしれないし、少なくとも今回の仕打ちに対して釘を刺すことはできる。

おおよその動機は分かった。

残る疑問は、この企（たくら）みが夫婦によるものなのか。あるいは高内侍一人の思惑によるところかである。式部大夫がここに来た時の夫婦それぞれの反応を見ると、高内侍の単独行動のように思えるのだが。

几帳（きちょう）のむこうで、式部大夫は説明をつづけている。

「それゆえ今回の商船入港の話を聞き、積載品の目録を見せていただきました。なれど此度の商船は当帰を積んでいなかったようですね」

本気で言っているのか、空惚けているものなのか。

先日伊子が確認したとおり、積載品の目録に確かに当帰はなかった。しかし新大納言の件を知ったのなら、大宰大弐が約束を反故にしたことぐらい分かるだろう。はたしてどちらなのか。

しかし仮に式部大夫が関与していなかったとしても、彼に妻の所業は告げなくてはならない。いっそ単刀直入に訊くべきかと伊子が考えたときだった。

「どうして、そんなに平気でいるのよ！」

絹を裂くような声に、伊子はぎょっとする。ばんっと音をたてて床に手をついた高内侍が、獣のような姿勢で几帳のむこうを睨みつけていた。

あまりの剣幕に、しばし場が静まり返った。

「あ、在子!?」

どたどたとした物音とともに、式部大夫が几帳の帳から顔を出した。そうなるだろうとは思っていたので、伊子はすでに檜扇を広げていた。

（そういえば高内侍って、在子という名前だったわね）

現状ではまさしくどうでも良い記憶が、ちらりと脳裏をかすめた。

夫の顔を見たことで、高内侍の怒りに火がついた。

「あなたも分かっているでしょ！　今回は入荷しなかったなんて嘘っぱちで、大弐が私達に渡す当帰を、新大納言様に横流ししてしまったことぐらい。なのになぜなにも言わないのよ！　あなたが大弐に抗議をしてくれれば、私もこんな騒動を起こさなくて済んだのに！　男のくせに情けないっ」

あたかも被害者のような高内侍の言い分に、怒りを通り越して伊子は完全に引いた。夫婦の関係がどうであれ、これだけ第三者をがっつり巻き込んだ騒動を起こしておきながら、しかも伊子達を前にして被害者面ができるなんて厚顔無恥にもほどがある。

（うわあ～、こんな娘だったんだ……）

男のくせに情けない、という抗議もだいぶんちがう。一般的に妻子を養わなくてはならぬ男だからこそ、自分の地位を守るために忖度が必要なのではないか。

「落ちつきなさい、在子」

なだめすかすように式部大夫は言った。理不尽な妻の批難は怒鳴り返しても不思議ではない内容だから、この反応からして穏やかな人柄と見える。

「確かにそれは私も疑った。いや、おそらくそうなのだろう」

嵩那が言ったとおり、式部大夫が実務に長けた官吏なら気付かぬはずがない。だからこそ自分よりも新大納言の意向を優先した大宰大弐に対しても、悔しいがしかたがないと諦めているのだろう。ちなみにだがそれまで引っこんでいた嵩那と蔵人頭は、とっくに帳のむこうから顔を出して夫婦の口論を見守っていた。

式部大夫はどこまで落ちついている。

「しかしここで大弐の不正を追及しても、私達が当帰を手に入れられるわけではない。朝廷が必要か否かを検討し、不要とされればとうぜん優先して新大納言に回される」

「そういうことじゃないのよ！　この馬鹿！」

周りを囲む衝立や屏風が、一度に倒れるかと思うような怒声だった。

ぎょっとしてひるむ式部大夫に、高内侍はさらなる罵声を浴びせた。

「子宝が授かれるようにと私はこんなに必死なのに、あなたはいつも他人事のようね。物詣や願掛けを頼んでも、仕事を理由になかなか動いてくださらない。卦の良い日を伝えて来てくださるように言っても、宿直だと言って来なかったことが何度あったと思うの！　男なんて仕事だと言えばなんでも赦されると思っているんでしょ！」

これまでの鬱憤をぶちまけるように叫ぶ高内侍は、もはやひと目など気にもしていなかった。宮仕えをしている女などおおむね気が強くて当たり前だが、その中で高内侍は比較的おとなしいほうだったのだが。

月のものも含めて、女の身では頻繁に物詣などできない。ゆえに子宝祈願の参拝は夫に依頼するしかなかったのだろう。卦の良い日というのは、おそらくだがこの日に関係を持てば子宝を授かれると占いで出たのだろう。

たまに聞く話だが、夫婦の間でも子作りに対する情熱には温度差があるようだ。

一般的に子ができぬことは女の所為とされるから、世間体と年齢もあって妻は焦ってときには精神の均衡を崩すことすらある。そうやって考えると高内侍の今回の愚行は、追いつめられたあげくのことだったのかもしれない。

「そりゃあ、あなたはいいわよ。私に子ができなければ、他所に女人を求めればよいのだからね。いっそのこと私だってもっと協力的な夫を持ちたいわよ。でも女がそれをしてしまったら、父親が誰だか分からなくなるから面倒くさいのよ」

確かにややこしいことになる。女にとって子が欲しいという気持ちは二種類あって、夫の子が欲しいのか、自分の子が欲しいのかでは少し意味合いがちがってくる。

（いや、それは勝手ですけど……）

ここまできても高内侍から目録偽造の件についての謝罪がないことに、伊子はかなりいらついていた。非協力的な夫への怒りでのぼせあがって、そんな礼儀も思いつかないのかもしれないけれど。

にしても冷静さを欠きすぎだろう。他人を責めるより先に、まずは自分の非を清算すべきではないか。

「さほど気にせずとも、良いのではありませぬか？」

突き放すように伊子は言った。

それまでわめきたてていた高内侍は、水をかけられたように静かになった。

おそるおそる顔をむけた彼女は、自分に対して冷ややかな視線をくれる上官に、頰を赤らめて居たたまれないように俯いた。

ようやく冷静さを取り戻したらしい。

ここぞとばかり、とどめをさすように伊子は言った。

「生むのも育てるのも、どうせ女子だけなのだから。父親なんて誰だってかまわないでしょう。それで夫が気にくわないというのなら、他所に妻を持てばいいことです」

「か、尚侍の君!?」

高内侍ではなく、式部大夫が声を上擦らせた。悲鳴をあげようとして、声が裏返った感じでなんとも奇妙な響きだった。落ちついた官吏という印象だった彼がありえないほどわなわなと震えている。

「わ、私は…妻と自分の子供が欲しいのです」

「だったら夫婦で協力しあいなさい」

ぴしゃりと伊子は言った。

「全ての人間関係は、一方にばかり負担が偏ると絶対に破綻します。とかく世の中は女人が妥協を強いられますが、そのあげくがこのざまでしょう。内侍司だけではなく蔵人所にまで迷惑をおかけして」

くいっと顎をむけると、高内侍は肩をびくっと震わせた。そうして身体を折るようにして平伏すると、床にむかって声をあげた。

「このたびはご迷惑をおかけして、まことに申し訳ございませんでした!」

やっと言ったか。伊子は渋い表情のまま、蔵人頭のほうを見た。

「そのようなわけです、貫頭(蔵人頭の別称)。うちの女房が貴所に大変なご迷惑をお掛けいたしました」

「は、はあ……」

はっきりと状況がつかめていないのか、蔵人頭はひたすら困惑しているようだ。もしかしたら高内侍の謀のみならず〝父親など誰でもかまわぬ〟という伊子の暴言にも驚いているのかもしれない。

伊子は、高内侍と式部大夫を交互に一瞥した。

「あとのことは私達で話しあいますから、ひとまず御下がりなさい。追って沙汰をしますから、それまでこの件は口外せぬように」

高内侍は伏せた顔をさらに床にと近づけた。額を打つのではないかと思った。

やがて彼女は式部大夫に促されて、のろのろと立ち上がる。妻の背にそっと添えられた夫の手からは、非難よりも反省の意がにじみでていた。

屏風の前まで行ったところで、ふと高内侍は足を止めた。そして彼女はうつむき加減のまま身体を反転させ、これだけとでもいうように告げた。

「私も、自分と夫の子供が欲しいのです」

伊子は白けた表情のまま、申し訳程度にうなずいた。まったく馬鹿々しい。そんなことは頭から分かっている。でなければあれほどの不満を抱きながらも夫婦である意味などないではないか。

唐物御覧の日。

皇親、公卿に加えて、主たる殿上人達が清涼殿に集まった。

伊子は昼御座に座る帝の傍らに控え、唐物よりもそれを運ぶ女房達のほうに気を奪われていた。なにしろその役目を請け負っている五人は、昨年の大嘗祭で舞姫を務めた新参女房達なのだ。最年長の沙良でさえ十五歳という年若さである。中でもそそっかしいと評判の相模が景徳鎮の青磁を抱えて入ってきたときには、寿命が縮むかと思うほど緊張してしまった。

しかし新参者を一人前に育てるには、多少の失敗や痛手は覚悟の上だ。高内侍という熟練の女房が辞めてしまったのだから、否が応でも人材育成には気合いが入る。

今回の件を受けて、高内侍は辞官を申し出た。

大したことではないのだから、辞めずとも減俸ぐらいで済ませられると言った伊子に感謝の意を述べたうえで、子供を作ることに本腰を入れたいと答えたのだった。宮仕えをつづけていると、夫との関係はもちろん物詣も儘(まま)ならない。それは個人の選択だが、釈然としない思いが伊子の中に残ったのは事実だった。

唐物が帝の前に置かれると、もう一人の五位蔵人・源蔵人(げんのくろうど)が説明をはじめる。

今回の件は、内侍司(ないしのつかさ)と蔵人所の行き違いによるものとして片づけられた。蔵人所は完全などばっちりだが、積載品の目録を確認しなかったという非があると言って蔵人頭が収めてくれたのだ。伊子が高内侍（と式部大夫）を厳しく叱責(しっせき)する姿を目の当(ま)たりにして、これ以上責める必要はないだろうと言っていた。いずれにしろ彼にはしばらく頭が上がらない。

源蔵人が唐物を紹介してゆく。深みのある瑠璃(るり)の水差しは波斯(ペルシア)国製。一点のむらもない秘色に焼き上げた青磁の壺は宋国の品だった。文選に文選集注の刷本。金糸を織り込んだ綾を使って装丁(そうてい)した書聖の行書。贅(ぜい)と技術をつくした綾織物に繍物(ぬいもの)（絹布に刺繍(ししゅう)を施(ほどこ)したもの）等々の奢侈品(しゃしひん)が弘廂に並ぶ。

あまりの絢爛(けんらん)ぶりに、公卿も女房達もしきりにため息を漏(も)らしている。事前に目録に目を通していた伊子でさえ圧倒されるのだから、初見の彼らにはどれほどの驚きだろう。

（これだけの品を惜しげもなく献上するのだから、交易商人ってよほど羽振りが良いので

しょうね）

あるいは日本での商売が、それ以上に旨味があるのか。などと少々俗っぽいことを考えながら伊子はのんびりと檜扇を揺らしていた。

懸念のひとつであった女御達への下賜品は、すでに選び終えている。

三人に、それぞれ別の生薬を選んだのだ。

桐子には人蔘と甘草。出産を間近に控えた彼女の、産後の消耗を考えたものでそれ以上の他意はない。

大姫には芍薬。こちらにはあきらかな皮肉がある。芍薬はこちらも婦人病に使われる生薬で、しかも当帰と組み合わせて使われることが多い。神経質な新大納言ならなにか感じるところがあるかもしれない。そうなればかえって幸いだ。

茈子には膠飴。甘味のある生薬で、滋養等の本来の効能以外に、苦い薬を飲むときの調整剤としても使われるから子供には適切であろう。

典薬寮の頭と女医博士に選ばせた、すべてが貴重かつ適応のある生薬だから、誰かが優先されたという話にはならないだろう。実を言えば幾つかは献上品ではなく典薬寮に用意させたものなのだが、献上品の目録自体を公表する予定はないのでばれはしない。

その旨を伝えたうえで選んだ下賜品を提案すると、帝は「それならば面倒なことにならない」と安堵していた。帝の懸念をひとつでも減らせたことは、伊子にとっても喜びであった。

大方の品が披露されたあと、源蔵人が言った。

「されど今回主上が皆様方にもっとも御覧いただきたいとお望みのものは、あちらの品でございます」

人々の視線は、源蔵人が指し示した東庭にいっせいにむけられる。

小舎人によって格子が上げられると、室内に早春の寒気が入り込んできて思わず身震いをしそうになる。

しかし伊子は臆せずに身を乗り出す。献上品の目録で存在を知ってから、これを見ることを励みに、面倒な下賜品選びにも精を出してきたのだ。

清涼殿正面の東庭。呉竹と河竹の間に、翡翠色の鳥がいた。

一見して雄雉にも似ているが、色合いがずっと艶やかで一回り以上大きい。なにより目を惹いたものは、その尾羽だった。地面に引きずるほどに長い羽は、遠目だが金彩を施した綾錦のように鮮やかに美しかった。

「これは、孔雀という鳥でございます」

源蔵人の言葉に、人々がどよめく。

存在は知っていても、実際に目にしたことがある者は皆無であろう。古の記録には新羅（朝鮮の古代王朝）からの献上品として持ちこまれたことが記されているが、近年でその例はない。皆が驚くのもとうぜんのことであろう。

（あれが孔雀……）

伊子は檜扇の上から、この珍鳥を凝視した。

そのときだった。

孔雀はその長大な尾羽をぶるっと震わせた。そして空気を入れるようにして膨らませた羽根を大きく広げたのだ。

人々の間に、またもやどよめきが起きる。それはあきらかに先ほどよりも大きく、そのあと人々は静まり返った。

目を疑うほどに鮮やかな光景だった。

放射線状に広げた無数の羽根は、高さ八、九尺にも及ぼうかと思われた。

獣の目にも見える楕円形の不思議な模様を持つ羽根は光沢を放ち、金糸銀糸をふんだんに使って織り上げた綾錦にも、丁寧に塗り上げた琺瑯仕上げの装飾品にも勝るとも劣らぬ壮麗さである。

「なんと見事な……」

「この世のものとは思えぬ」

そう誰かがつぶやくまで、誰もが言葉を無くしたように魅入っていた。もちろん伊子もその一人で、頬を上気させてこの神秘的な鳥を眺めていた。

やがて孔雀は、気紛れのように羽根をたたんだ。

「ああ……」

伊子は思わず失望の声を漏らした。羽根を下ろしていても色鮮やかで十分に美しいのだが、一度開いた姿を見てしまうとなんとも物足りない。

（残念、もう少しだけ見ていたかった）

一生に一度のことやもしれぬと思うと、名残惜しまれる。世話は蔵人所の鷹飼が請け負っているという話で、男であれば気軽に見にもいけるが女の身ではそうもいかない。今後もなにか宴の折になど、披露してくれると嬉しいのだが。

「尚侍の君」

昼御座から帝が呼びかけた。

なにごとかわれに返り、伊子は帝のそばにいざり寄る。御仏名のときもあるし、また具合でも悪くなったのと危ぶんだ。

「いかがなさいましたか」

「下賜品の件はご苦労だったね。これは御礼だよ」

目をぱちくりさせる伊子に、いつのまにかそばに来ていた尚鳴が漆塗りの薄い箱を差し出した。

箱の中身に、伊子はしばし息を呑む。

孔雀の羽根を使った、それは扇だった。

瑠璃と金色と翡翠を混じえた、輝石のような不思議な模様を持つ羽根を五つ束ねて扇面にしている。

「抜け落ちた羽根が献上されましたので、日頃から忠義を尽くしてくれる尚侍に下賜されたいと主上が仰せになられたのです。されどそのままではあまりにも味気ないので、内匠寮に相談すると、このような形に仕上げてくれました」

得意げに尚鳴が説明をするが、感動と驚きで言葉が出ない。

おそるおそる手を伸ばし、要を摑んで持ち上げる。周りに誇示するようにかざされた扇の鮮やかな出来栄えは、居合わせた公卿や女房達の目を捉え、彼らはいっせいに感嘆の息を漏らした。

胸に熱いものがこみあげる。

下賜品を選ぶ役を仰せつかったとき、正直うんざりとした。けれど帝の負担が少しでも軽くなるのならと、渋々ながらも真剣に考えた。女御達の間に軋轢が起きぬようにというのはもちろんだが、なにより彼女達を囲む勢力と帝の間にわだかまりが生じぬようにと心を砕いた。

その伊子の思いを、帝は分かってくれていたのだろうか。

嵩那との恋を選んだ上でも、帝は伊子の忠心と尊敬を信じてくれているのだろうか。

帝の本当の気持ちは分からない。

けれど恋うだけではなく、いつしか働きそのものを認めてくれるようになっていたとしたら、この美麗な扇がその気持ちの表れだとしたら。

——これからも、お仕えしたい。

嵩那に対するものとは明確に種類がちがう、けれど同じくらいの熱量を持つ感情がこみあげて胸が熱くなる。

「よくお似合いです」

のぼせあがった思考を冷やすように、透徹とした声が響いた。

声の主が嵩那であることは、すぐに分かった。伊子は孔雀の扇をかざしたまま視線を動かす。嵩那は感情の読み取れぬ眸で伊子を見つめていた。それはいま手にしている孔雀の羽根の模様のように、深く様々な色合いを含んでいるように見えた。

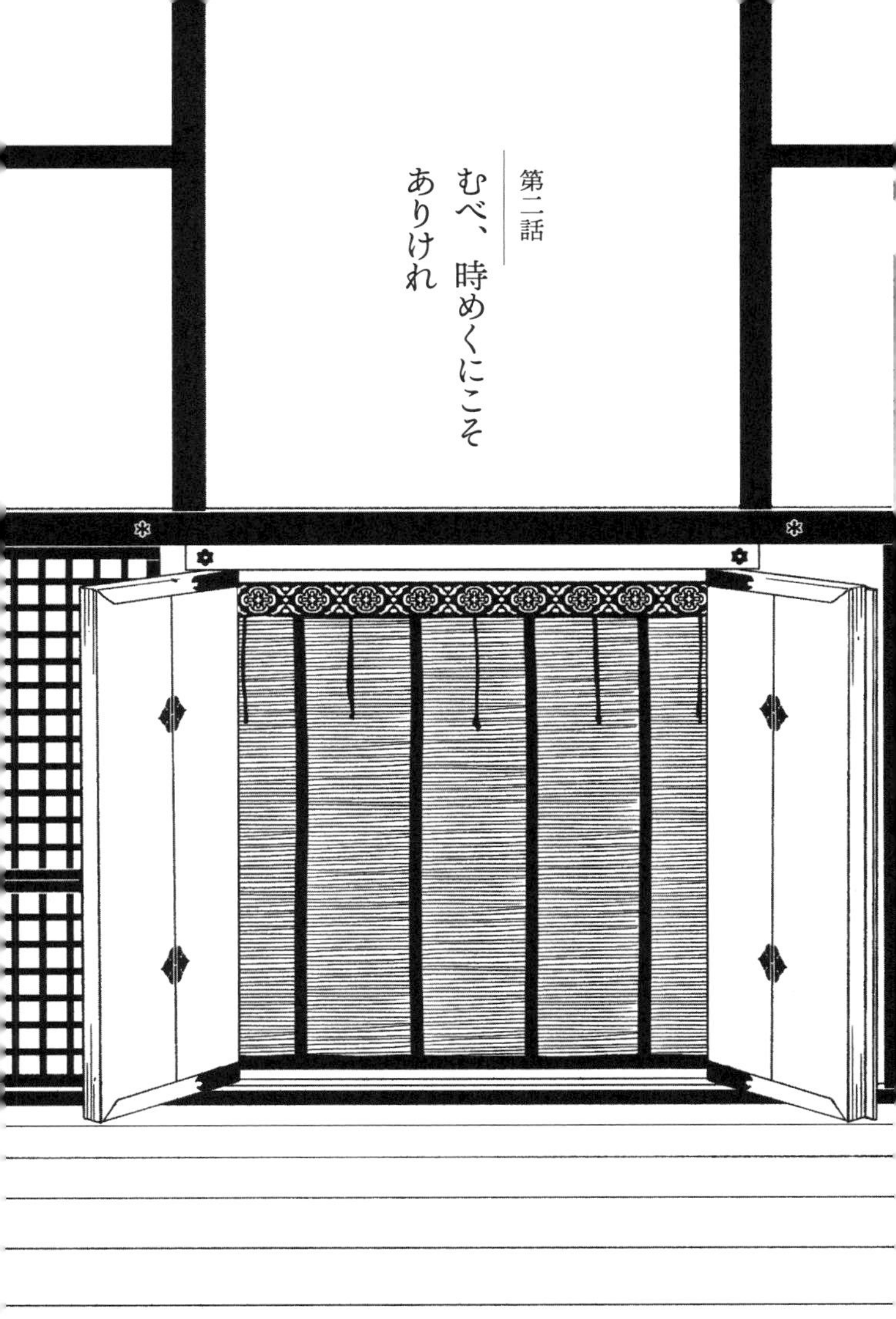

第二話 むべ、時めくにこそありけれ

頃であった。

新大納言の北の方・源紋子が参内をしたのは、娘の入内を五日後に控えた如月上旬の頃であった。

理由はもちろん、入内の準備をするためだ。

参内初日、伊子は承香殿で紋子の挨拶を受けることとなった。

娘の結婚はおおむね母親が中心で動くものだが、入内となると付き添う母親にも相応の位が必要となってくる。そのため紋子は、儀式に先駆けて正四位という高位を授かっていたのだが、位階で言えば正三位の伊子のほうが上である。

「お初にお目にかかります」

あらかじめ整えさせていた高麗縁の畳の上で、紋子は優雅に頭を下げた。

年齢は伊子と同じくらいであろうが、小柄で華奢な身体付きは少女のようだった。

しかし顔立ちやふるまいには、得もいわれぬ色香がある。比金襖の勝見襷柄に向鶴丸を織りだした唐衣。濃き朽葉色に向鸚鵡丸紋の表着と、鶯色の五つ衣という、豪奢な衣装を見事に着こなした、承和菊（黄菊）を思わせる嫋々とした女人だった。

次女の玖珠子とはあまり似ていない。年齢のわりには背が高かった玖珠子は、顔立ちもどちらかといえば父親似で、潑剌とした印象のほうが勝っていた。

「さきほど麗景殿のほうを拝見いたしました。非常によく清められており、御所の皆さまのお心遣いに感じ入りました」

新大納言の大姫は、麗景殿を賜ることが決まっている。彼女の入内を前に、殿舎を大掃除して建具や戸の不具合がないかを確認させたことに、紋子は礼を言っているのだ。

「とんでもございません。なにか不自由なことや目につくことがございましたら、遠慮なくお申しつけくださいませ」

無難に返した伊子に、紋子は愛想よく言った。

「実は私、尚侍の君様と同じ年でございます。大姫の入内を機に言ってはなんですが、今後親交を深めていただければと存じます」

確かに娘が入内をするとなれば、後宮を掌る伊子とつながりをつけていたほうが色々と便利がよいだろう。言っていることは至極真っ当なのだが、やけに強調された〝同じ年〟という言葉に、伊子は多少の屈託を覚えた。

紋子は新大納言との間に、二人の娘と七つになる息子を一人もうけている。

子供どころか結婚すらしていない身としては、同じ年齢で公卿の正妻として盤石の地位を築いた女の貫禄を見せつけられた気がしたのだ。

（なんとまあ、勝手なことを……）

心の揺れに気付いてすぐ、伊子は己を戒めた。つい先日、宮仕えをつづけたいと決めたばかりなのに、こんな弱気でどうするのだ。

気掛かりは他にもある。もちろん玖珠子のことだ。

紋子は女房達から、玖珠子の婿候補として嵩那と尚鳴を推薦されたと聞いている。もろもろの経緯を経て、玖珠子は十八歳も上の嵩那を選んだのだが、その選択はとうぜん紋子の耳にも入っているだろう。

嵩那の恋人はあなたなのか？　そう玖珠子から追及されたとき、伊子はしらばくれた。あれを玖珠子が鵜呑みにしたとは思わない。そして母親にどう伝えたのかが気になる。それをなんとか引き出せやしないかと考え、伊子は自分のほうから話を振ってみる。

「ところで、先月お越しいただいた中の君様はいかがお過ごしでしょうか？」

「そういえば、その節はたいそうお世話になりました」

いま気付いたように紋子は言った。

「実は今日もここに連れてきておりますの。仲良くしていただいた王女御様とお会いしたいとねだられてしまいまして……乳母に連れていかせましたので、今頃ご迷惑をお掛けしているやもしれませぬ。このあと私も弘徽殿をお訪ねして、御礼を申しあげたいと考えております」

予想外の報告に、伊子は目を瞬かせた。その反応に気付いたかどうかは分からぬが、紋子は変わらぬ調子で話をつづける。

「娘は弘徽殿の御方を妹のように可愛いと、女御様に対して不遜なことを申しておりました。もう十二にもなるというのに、いつまでも子供のようで気掛かりでございます」

つらつらと紋子は語るが、伊子は玖珠子のことが気になって、まったく話に集中できずにいた。

確かに参内時、玖珠子は茈子と親しくしていた。

しかし玖珠子の本心を知ったいまでは、茈子のもとに遊びにきたなどという子供じみた動機を信じることはとうていできない。あるいは弘徽殿を頻繁に訪れる嵩那に会えることを期待しての行動ではないのか。

「――だと思いませぬか？」

紋子の声に、伊子は物思いから立ち返る。そうだった。紋子の話を聞いている最中だったのだ。玖珠子参内の衝撃から、余計な方向に考えを巡らせすぎていた。

「はあ…」

正直に聞いていなかったとは言えず、曖昧に相槌を打ってごまかすと、紋子は丁寧に紅を重ねた唇を和らげた。

「よろしゅうございました、共感していただいて。お気を悪くなさるのではと心配していたのですが、これで安心いたしましたわ。やはり左大臣の大姫様であれば、そのあたりの道理は御承知でございましたわね」

上機嫌で紋子は語るが、伊子はなんのことだか分からない。傍らにいた千草に目配せで助けを求めると、彼女は目を大きく見開いて〝いいんですか!?〟と抗議をせんばかりの顔をしている。それでも訳が分からぬ顔の伊子に、埒があかぬとばかりに素早く耳打ちして伝える。

「賜る殿舎が麗景殿では、体面が保てないと言ったんですよ」

俗に七殿五舎と呼ばれる後宮には、弘徽殿や承香殿などの『殿』と、飛香舎（藤壺）や凝花舎（梅壺）などの『舎』がある。

もともとは殿のほうが舎より格が高いものとされていたが、昨今では清涼殿からの距離を鑑みて、より近くにある藤壺と弘徽殿が重要視されている。ゆえにこの二つの殿舎から皇后が立つことが多くなっていた。もちろんそのときの事情があるから、梅壺や麗景殿を賜っていた女御が立后（皇后として立つこと）した例も相当数ある。

とはいえ藤壺と弘徽殿を占められた上での麗景殿への入内とあっては、新大納言家として愉快ではないだろう。まして藤壺の桐子はともかく弘徽殿の茈子は後ろ盾に乏しく、本来であれば弘徽殿のような格の高い殿舎を賜れる立場ではない。

対照的に新大納言の大姫の後ろ盾は万全だ。そのうえかつて右大臣だった祖父の養女となって入内をするから女御宣下は間違いない。母である紋子からすれば、なぜあちらが弘徽殿で自分の娘が麗景殿なのかという気持ちにはなるかもしれない。

「御母君が、さようなことを仰せになられたのですか？」

伊子から紋子の話を聞いた勾当内侍は困惑げな顔をした。清涼殿の『鬼の間』には数人の女房達が詰めていた。

「でも、それを正直に言いますかね」

現場に居合わせた千草は、いまでも呆れかえっている。

「文句を言って変わるのなら、そりゃあ言いますよ。でも弘徽殿と藤壺はすでに埋まっているのだから、どうにもならないではありませんか。そのくせ姫様が、代わりに承香殿を譲ると言ったらびびっちゃって〝左大臣の姫様に、そんなことをさせるだなんてとんでもない〟とか、だったら最初から言うなってもんですよ」

「尚侍の君、さようなことを仰せになられたのですか？」

驚きに目を見張る勾当内侍に、伊子は苦笑交じりに言った。

「そこまで言ったら引くだろうと思ったのよ」

「それは英明でございますこと」

勾当内侍は感心したように言った。紋子が体面にこだわる人間であればこそ、自分より身分の高い伊子から殿舎を奪い取ったと世間から評されることは避けたいはずだ。実際に紋子は恐縮して辞退したから、伊子の目算は正しかったといえる。

しかしこの件で、新しい懸念を突き付けられたのも事実であった。

それはこれから莚子にとって、弘徽殿という殿舎が重くなってくるかもしれないということである。

莚子が入内をしたのは四年前。彼女が五つのときだ。

先の兵部卿宮の姫君であった莚子は、産まれてすぐに母親と、そして四歳で父親と死に別れて天涯孤独となった。その境遇を哀れんだ先帝が、当時は東宮であった今上の最初の女御として迎え入れたのである。

そのときはのちのことも考えず、莚子の身分の高さから弘徽殿を与えたのだろう。あるいは兄（先々帝）の遺児に対する謝意もあったのかもしれない。先の兵部卿宮は、先々帝の親王で嵩那の異母兄である。

妃と言っても九つではもちろん名ばかりで、莚子は裳着すら迎えていない。だがもう数年して彼女が本物の妃としてふるまうようになったとき、紋子のような苦情を訴えてくる者が出てくるかもしれない。

そのことに思い至って、伊子は頭を抱えた。

（なんだって弘徽殿に入れたのよ。当時は東宮妃だったのだから、それこそ麗景殿あたりに入れておけば、こんな問題にならなかったのに）

東宮御殿は梨壺に置かれることが多いから、その妃が隣の麗景殿、ないしは桐壺を賜ることはよくある話だった。

「それで御母君は、なにも言わずにお帰りになられたのですか？」

何気ない勾当内侍の問いに、伊子は一瞬動揺する。どう思ったのか、伊子に変わるように千草が答えた。

「ええ。弘徽殿に遊びに行っていた中の姫君をお迎えにあがられてから、退出なさられたそうですよ」

「まあ、中の君様がお出でだったのですね。ならば王女御様はさぞお喜びになられたことでしょう」

微笑ましいとでもいうように語る勾当内侍は、伊子が玖珠子に抱くかすかな脅威など知る由もない。よもや自分の息子と嵩那が、玖珠子から婿候補として天秤にかけられていたなどと、夢にも思っていないだろう。あげく息子が〝子供過ぎて無理〟と退けられてしまったことや、かつての部下である弁の君からは〝白面郎（年若い未熟な男）〟などとひどい言われようだったことも。

それまで黙って話を聞いていた小宰相内侍が、ここぞとばかりに口を開く。

「実は私、御母君が弘徽殿から出てくるところを拝見致しました。まあ、なんとも見事な装いでございましたね」

「ああ、見たのね」

伊子は微苦笑した。

「ほっそりとして小柄な方なのに、あれほど豪華な衣装を着こなせているのは、よほど趣味が高いのでしょうね」

「でも母君があれで、父君があの新大納言となれば、これは大姫の入内の儀はとんでもなく派手なものになるやもしれれませんね」

「……そうかもしれないわね」

小宰相の指摘に、伊子は渋い顔をする。麗景殿を賜るということで体面を傷つけられた紋子は、それこそ当てつけのような派手な入内を行うかもしれない。

もちろんそれは新大納言家の自由だが、できることなら弘徽殿の者達の目には触れさせたくなかった。幼い茈子は無邪気にはしゃぐだけかもしれないが、女房達は少なからず心がすさむだろう。

（でも、今後こんなことはいくらでも起こりうるのだから……）

慣れていってもらうしかない。藤壺と麗景殿という強い後ろ盾を持つ、二つの殿舎に挟まれた弘徽殿という立場に。

そのとき、母屋側の襖障子ががたんと音をたてた。

「失礼、尚侍の君はこちらにおいでですか？」

少し開いた襖障子のむこうで顔をのぞかせたのは嵩那だった。日頃は伊子のことを大君と呼ぶ彼だが、内侍司の女房達を前にしてはさすがに役職名で呼ぶ。

「ええ、いらっしゃいますよ」

伊子がなにか思うより先に、勾当内侍が答えた。それで嵩那は、襖障子をさらに大きく開けた。深紫の衣冠装束があきらかになる。今宵は当直なのかもしれない。

不意打ちのような登場に、気まずさと焦りで胸がざわざわする。

二日前に孔雀の扇を下賜されてから、はじめて嵩那の顔を見る。

よくお似合いです――あのあと、嵩那がなにか言ってくるだろうと覚悟していた。そのときにこそ、宮仕えをつづけたいという自分の本音を告げようと思っていた。

あの直前までは、嵩那と結ばれたあとも宮仕えをつづけることに躊躇いがあった。妃に出来ずとも傍にいて欲しいという帝の想いを、ただ自分の希望のためだけに利用している気がしたからだ。

しかし孔雀の扇を賜ったときに思った。

帝の心の中に尚侍としての伊子の存在が少しでもあるのなら、このまま仕えたい。

嵩那への想いに変わりはない。けれどどちらかを選ぶことなどできない。

二心ではないことを疑われずに理解してもらう言葉をずっと探してきたが、もとよりそんなものは見つかるはずがなかったのだ。ならば小手先でごまかそうなどとせず、率直に思いを伝えるべきだと意を決した。

しかし唐物御覧のあと嵩那がなにか言ってくることはなく、伊子も自分から切り出す間がつかめないまま二日が過ぎてしまっていた。

嵩那は中に入ると、後ろ手で襖障子を閉めた。

「実は弘徽殿で面倒なことが起きまして」

「弘徽殿？」

「なにが起きたのですか!?」

いち早く反応したのは、小宰相内侍だった。つい先ほどまで弘徽殿の話をしていただけに、なおさら気になるのかもしれない。

「王女御が、とつぜん里帰りがしたいと仰(おお)せになられて」

伊子は目をぱちくりさせる。孔雀の扇とは関係なかったことに拍子抜けしたが、考えてみれば他の女房達も同席するこんな場所で、切り出す話題ではない。

しかしこれはこれで、また穏やかではない話である。

気を取り直して伊子は問う。

「里帰りと申されましても、王女御様のご実家はすでに……」

「四条(しじょう)の兄宮の邸(やしき)は、いまでも彼の乳兄弟(ちきょうだい)が管理をしております。王女御は母君を亡くされたあとそちらでお育ちになられましたので、実家といえばそこかと」

嵩那が言う兄宮とは、王女御の父・亡き兵部卿宮である。

子は普通母の実家で育つものだが、それならば茈子にとって、父の邸が実家と言えるだろう。しかし伊子が出仕をはじめて一年近くになるが、これまで茈子から実家の話など聞いたことなどなかった。それを急に里帰りをしたいなどと、大姫入内を目前にという間を考えるとどうしても勘ぐってしまう。

「お気持ちは分かりますけどね」

皆の心の中にあるもやもやした思いを、ずばりと口にしたのは小宰相内侍だった。

確かに弘徽殿としては、大姫の華やかな入内の儀など目にしたくないだろう。しかし伊子には引っ掛かるところがあった。

「それは王女御様、ご自身のご希望なのですか？」

これまでの無邪気な言動からして、茈子がそんな屈託を持つとは思えなかった。周りの女房達が気遣ったのか、あるいは彼女達が茈子を焚きつけたのか、どちらなのだろう。

「言いだしたのはご本人でしたが……」

歯切れ悪く嵩那は言った。

「実は少し前に、新大納言の北の方が弘徽殿を訪ねてきたらしいのです」

「存じております。中の君を迎えに参られたのでしょう」

「そのあたりは聞いておりませぬが、ともかくそのとき北の方がやらかしたそうですよ」

「やらかした？」

嫌な予感がした。麗景殿という殿舎に不満を持つ紋子が、分不相応にも弘徽殿を賜る茈子の元を訪れたときなにを口にしたのだろう。

「遠回しに、格の高い殿舎にしては御衣裳や調度が質素だと口にしたらしいです」

あまりの幼稚すぎる行為に、呆れ果ててとっさに言葉が出ない。

そう。怒りや軽蔑より、まず呆れた。この分かりやすい意地の悪さは、まるで『落窪物語』に出てくる北の方（主人公の継母）のようではないか。

「うわ〜〜、嫌らしい女」

こんなことを言うのはもちろん千草である。新大納言の北の方に対して非礼極まる言いようで、本来であれば咎めねばならぬのだが、敢えて聞こえぬふりをして伊子は注意する義務を逃れた。嵩那と小宰相内侍も、そして驚いたことに品行方正な勾当内侍も聞かなかったふりをしている。どうやら全員が同意らしい。

そして嵩那も、表情を変えぬまま話をつづける。

「それで弘徽殿の女房達はだいぶん怒っていたのですが、王女御自身はいつもと変わらぬようにお見受けしました。そのうえで、この時季の実家は庭の椿が大変に美しいのでぜひとも観に行きたいとご希望で……」

「それは例年、ご希望のことなのですか？」

「私の記憶では、はじめてですね。ご実家の椿が美しいことは事実ですが……」

嵩那の答えに伊子は考えを巡らせた。

実家の椿を観に行きたいというのは、おそらく後付けであろう。そうまでして御所を出たいと願った理由が紋子の嫌みだとしたら、九つの童女相手になんと大人げない真似をするのかと非難したくなる。しかも茈子はその直前まで、玖珠子との再会に歓喜していたであろうに。

「それで里帰りのお許しはでたのですか？」

「実は……」

嵩那は調子が悪いというように、こめかみのあたりをかいた。

「弘徽殿の女房達がいまから願い出てみると申しておりましたので、それならば私のほうから内侍司にお伝えすると言って参ったところでした」

どうやら訪室の本来の目的はそれであったらしい。しかし事情説明が膨らみ過ぎて、本題を伝える間を逃してしまっていたというわけかと伊子は納得した。

「承知いたしました。すぐに主上にご奏上いたしましょう。そのような事情でしたら、北の方が再度参内なさる、大姫のご入内前に御所を出たほうがよいでしょうから」

日取りがどうの、方角がどうのとはあるかもしれないが、本当に差し迫ったときはそんなことは案外気にしないものだ。

すでに腰を浮かしている伊子に、嵩那は恐縮したように頭を下げる。

「よろしくお願いします。お許しがでれば、私がお送りいたしますとお伝えください」

朝餉(あさがれい)の間で過ごす帝に茈子の宿下がりの件を告げると、驚いたことに紋子の暴言を知っていた。

「蛍草(ほたるぐさ)から聞いたよ」

そう答えてから、帝は簡潔に事情を説明した。

弘徽殿の女房達の怒りようを目にした女孺(にょうじゅ)や雑仕女(ぞうしめ)の下位の女官の口から、滝口(たきぐち)やら所衆(ところのしゅう)等の蔵人所(くろうどどころ)の下位の者を介して、五位蔵人の尚鳴の耳にと入ったということだった。

事が起きたのは数刻前だというのに、恐るべき情報網(もう)である。下位の者達は面倒な手続きを必要とせず、気軽に顔をあわせられるぶん伝わり方が早いのかもしれない。

呆れ半分、感心半分に伊子は言った。

「なんとまあ……私とて、ほんの少し前に知ったばかりでございますのに」

「新大納言の北の方が弘徽殿の調度や道具をひとつひとつ検分し、その質素さを高笑いして、それで王女御が泣き崩れたともっぱらの評判だが」

「それは話が大きくなりすぎです」

さすがに伊子は否定した。紋子をかばうつもりはないが、親でもあるまいし他人様(ひとさま)の殿舎の道具を検分などできるはずがない。せいぜい一瞥して嫌みを言ったぐらいである。もちろん帝も本気にはしていないから、こんな呑気に語っているのだろうが。

早く気軽に伝わる情報は、信憑性の面で弊害も出てくるものだ。

「ご心配なく。さきほど王女御様の様子をうかがってまいりましたが、いつもと変わらぬご様子で、特に落ちこんでいるようにはお見受けいたしませんでした」

帝に伝える前に詳細を自分の目で確認しようと、伊子は弘徽殿を訪ねていた。

嵩那から聞いたとおり女房達の憤慨ぶりはすさまじかったが、茈子にはこれといった変化は見られなかった。いつもより大人しいようだったが、それは玖珠子が帰ったことを寂しがってふてくされているという事情からだった。

女房達に訊いてみれば、紋子の皮肉は彼女が弘徽殿に入ってすぐに出たもので、そのとき茈子は玖珠子と一緒に奥の局で遊んでいたから、おそらくは耳にしていないということだった。さすがの紋子も、自分の娘より幼い女童に皮肉を言うほど大人げない真似はしなかったらしい。

その件を説明したあと、あらためて伊子は言った。

「北の方のおふるまいは感心できませぬ。さりとて主上が御心を煩わせるほどのことではないかと存じます」

古来より、後宮の内情は政に多大な影響を及ぼしていた。ゆえに代々の帝は妃達の間に生じた悶着(もんちゃく)を放っておくわけにもいかず、大いに頭を悩ませてきた。

伊子の言葉に帝はほっとしたように言う。

「なれば、あなたに任せていれば大丈夫だね」

「私の能力などさしたるものではございませぬが、お若い女御様達の間にいさかいが起きぬよう、後宮を掌(つかさど)る者として尽力いたしますわ」

そう告げると、帝はふっと表情を和(やわ)らげた。清らかな笑顔にはからずも目を奪われていると、まるで不意打ちのように言われた。

「そんなことを言ってもいいのかい」

「はい？」

「年若い女御達が落ちつきを得るまでには、相応の年数が必要となるよ」

「……」

遠回しな言葉の真意は分かっている。女御達が落ちつくまでの相応の期間、辞官をせずに後宮に留まるつもりがあるのか——つまり自分のもとを離れずにいられるのか？　という意味だ。

伊子はあらためて帝を見た。

澄んだ瞳にじっと見つめられると、吸いこまれそうな気になる。

かねてより帝は、ひどく思いつめた目で伊子を見ることがあった。それは普段は理性と立場で抑えつけている、彼の内側にある感情がふと垣間見えた瞬間だったのだろう。

しかしいま目の前にいる帝は、それを相当に抑えこめているようだった。その現状を察知したうえで、伊子はきっぱりと言った。

「できますとも」

「え？」

今度は帝が不意をつかれたような顔になった。

「主上が私の尚侍の任を解かずにいてくださるのであれば、長きに渡ってお仕えすることが叶います」

周りが聞けば、主従の雑談のようにも聞こえただろう。

しかし互いにとっては、あきらかに牽制の応酬だった。

なぜなら伊子の尚侍としての出仕は、もともと妃になれぬことの代替だったからだ。尚侍をつづけるということは、妃にはならぬという意志表示でもあるのだ。

妃も尚侍も、帝に仕える立場に変わりはない。本当に帝を支えたいと思うのなら、彼が望む妃となることが忠義なのかもしれない。

けれど伊子が望むものは、主のためなら命をも惜しまぬという滅私奉公ではない。

伊子は今上という奉仕する価値のある優れた主に、尚侍という立場で仕えることに自分が遣り甲斐を覚えているのだ。

それが利己的だとするのなら、それでいい。

自分がなにをしたいのかがはっきり分かったいま、忠義や婦徳を理由に生きがいを諦めるつもりなどない。

私は、尚侍として主上にお仕えしたいのです。

そんな自分の真意を瞳に湛え、伊子はまっすぐと帝を見つめた。

対して帝は惑うような表情を浮かべ、すっと目をそらしただけだった。

それから二日後。茈子は嵩那に付き添われて里帰りをした。

数日で戻ってくるということだったが、すべての女房女官を引き連れての退出は、まるで懐妊か服喪による長期の里帰りのようであったと、目にした内裏女房が言っていた。

その翌日、新大納言の大姫の入内が執り行われた。

戌の刻（この場合は午後八時頃）、大姫を乗せた唐廂車が朔平門に到着したという報せが入り、後宮はにわかに慌ただしくなった。

通常、牛車の進入は宮城門（大内裏の門）までとされているが、大姫には入内にあたって乗り入れが許される『牛車の宣旨』が下されている。実は伊子も出仕初日に、これと同じ宣旨を受けていた。

参内した大姫は、勾当内侍に案内をされて麗景殿に入った。両親である新大納言夫婦はもちろん、大勢の女房達が付き添っているにちがいない。

伊子は台盤所に待機して、はじめて取り仕切る入内の儀に神経を尖らせていた。

頭の中で婚儀の手順を復唱していると、朝餉側の襖障子がゆっくりと開いて蔵人頭が顔をのぞかせた。

「尚侍、お願いいたします」

宮中入りした新しい妃は、内裏女房に誘導されて帝のもとに参上する。伊子はこの役を請け負っており、これから麗景殿まで大姫を迎えに行くのだった。

「心得ました」

牡丹図に金彩を散らした豪奢な檜扇をかざして伊子は立ち上がった。新しい妃とその一行を迎えるにあたって用意した装束は、蘇芳色の唐花唐草の地紋に、鳳凰の飛び紋を織り出した唐衣。滅紫色の表着は梅襷地紋に梅丸の上紋。五つ衣は紫の薄様である。

少し離れて控えていた女房達も、それぞれが箱や物を載せた台を手に立ち上がる。絹に綿、薫物等々は、大姫に付き従う女房達に下賜する禄である。

綾織の裳を引きつつ簀子に出ると、篝火が夜空を焦がすように強く燃え盛っていた。壺庭を挟んだ先の後涼殿にもこうこうと明かりが灯されていて、釣り灯籠の明るさもあいまって足許の板目まではっきりと見ることができる。

簀子を端まで進むと、向かい側に藤壺と弘徽殿の殿舎が見えてくる。主がいない二つの有力な殿舎に火の気はなく、釣り灯籠や篝火の光を受けた柱だけがぼんやりと浮き上がっていた。

渡殿を右手に折れると、内裏の中でもっとも長い渡殿が東西に伸びている。その突きあたりが麗景殿だ。

殿舎の間近まで寄ると、壺庭の篝火や高欄の付近に立つ内舎人の他に、褐衣装束の青年達の姿が散見していた。緌をつけた細纓冠、濃き縹の袍に襖袴を穿いた彼らは随身と呼ばれる貴人の護衛役で、衛門府の下位武官の中から特に容姿端麗な者が選ばれることになっている。ここで待機しているのは新大納言付きの者達であろう。御所の警護を請け負う内舎人も容姿端麗な者が選ばれているから、現在麗景殿は美麗な若者達によって取り囲まれている状況だ。

妻戸の前には新大納言側の女房が立っており、伊子達一行を迎え入れた。

女房の先導で廂を奥に進む。幾つもの大殿油が灯された中には、艶やかな装束に身を包んだ多数の女房達が控えている。ざっと見た限り若く見目麗しい者が多く、新大納言夫婦が念入りに人選をしたことがうかがえる。目下の敵である藤壺の女房達が、性格はきついが美女揃いで評判だから、きっと対抗したのだろう。

少し奥に進むと、まるで伊子を出迎えるように新大納言夫婦が並んでいた。新大納言は束帯姿。紋子は唐衣裳という正装である。一般の結婚は婿を家に招く形だから、新婦側は両親も妻も正装しない。これも入内という特殊な結婚ならではの現象である。

夫婦の横に、檜扇で顔をおおった姫君が座っていた。濃き紅の唐衣に同色の表着は二陪織物。共に金糸での丸紋が織り出されている。五つ衣は紅の匂。袖口からのぞく単は濃き萌黄色である。

彼女のそばで付き添っていた勾当内侍が、伊子の参上にこくりと首肯する。伊子も小さく頷きかえし、張りつめた声で言った。

「藤原朱鷺子殿」

あらかじめ聞かされていた名を呼ぶと、大姫は檜扇から顔をあげた。

伊子は自分の檜扇の内側で、唇をかすかに開いた。

驚くほどの美少女だった。

両親の容姿や、妹・玖珠子の愛らしさからある程度想像はしていたが、それを軽く上回る。卵型の小さな顔に、ほっそりとした首と華奢な手。小柄な身体付きはまるで女童のようでたたずまいは清楚であったが、顔立ちや目つきになんとも言えぬ色香がある。

射干玉の黒髪。初雪のような白い肌に丁寧に紅をかさねた小さな唇。黒瑪瑙のような輝きを放つつぶらな瞳にすっきりとした鼻梁。梔子の香りを思わせる薫衣香が芳しい。

（これは、すごい）

適切かどうかは分からぬが、この場合その言葉しか思い浮かばなかった。

玖珠子が参内したとき、その愛らしさと聡明さから、新大納言の意中は妹姫のほうにあるのではと囁かれもしたが、この姿形を見れば誰もそんなことは口にすまい。寵姫となる条件は容姿だけではないが、美貌に恵まれれば最初の時点で圧倒的に有利なことはまちがいない。

年齢差があるので簡単には比べられないが、藤壺の桐子に勝るとも劣らぬ佳人である。桐子が豪奢な中に瑞々しさを持つ蓮の花なら、朱鷺子は可憐ながらも艶やかな月季花（庚申薔薇）だった。

「主上のお召しがございました。どうぞおいでください」

朱鷺子の顔が少し強張った。その表情のまま勾当内侍の手を借りて立ち上がる。新大納言夫婦に、周りの女房達もいっせいに立ち上がった。座っていたときも感じたが、朱鷺子は思った以上に小柄で伊子の鼻のあたりまでほどの背丈しかなかった。おそらくだが妹の玖珠子のほうが上背がある。

伊子は勾当内侍に目配せをして、くるりと踵を返した。このまま一行を、清涼殿まで案内するのが伊子の最初の役目である。

ふたたび渡殿に出ると、庭にいた侍従や内舎人の視線が集中する。伊子の後ろには朱鷺子がつづいている。朱鷺子の姿は女房達が掲げた几帳に囲まれて見えないが、新しい妃をひと目でも見られたらという好奇心は隠せない。

冴え冴えとした夜の空気の中、梅の香りがただよう御所には、しずしずと衣擦れの音が絶えずに聞こえている。

渡殿から清涼殿の北廂に上がり上御局に入る。夜のお召しを受けた妃の伺候所だが、剣爾（三種の神器のうちの剣と勾玉）が奉安された夜御殿で共寝はしないので、事実上ここが夫婦の寝所となる。そのために御帳台が設えられている。

先導役の伊子と朱鷺子につづいて入ってきたのは、床入りの支度をするための朱鷺子付きの女房二人である。

両親は別室で待機していた。床入り時に母である紋子には衾覆、父である新大納言には沓取の役目があるからだ。衾覆は床入りした夫婦に衾をかけてやること。沓取は新郎の靴を預かることで、どちらも結婚における新枕の夜の慣わしである。

火桶を焚いた中、女房達が朱鷺子の唐衣裳をほどきはじめる。貴族の姫として晴れがましい場であるはずなのに、なぜか胸が痛んで伊子は少し離れた場所で灯っている大殿油の火に視線をそらした。

なにを痛ましく思うのだろう？　新婦の十三歳という稚さなのか。それは多少なりともあるだろう。しかし伊子の心を複雑にしたものは、新郎が想いを寄せる女、すなわち自分の前で、新婦が床入りの支度をするという皮肉な状況だった。

しかしこればかりは役目だから、どうしようもない。このあと帝を呼ぶときにも、同じことを考えるのであろう。南側に設置された妻戸に目をむける。板戸に映った大殿油の影が揺れているように見えた。戸のむこうが、帝が待機している夜御殿である。朱鷺子の支度が整い次第、伊子はあの戸を開けて帝を呼びに行かなければならない。自分は恐ろしく残酷なことをするのだ。帝にも朱鷺子にも――。

「姫様の御仕度が整いました」

女房の呼びかけに、伊子は我に返る。

厚畳と茵で設えられた御座所には、袿姿となった朱鷺子が座っていた。白い頬が明かりに照らされて幽玄に浮かび上がっている。

気を取り直し、伊子は立ち上がって夜御殿への妻戸を開いた。

まず目に飛び込んでくるのは、大型屏風の背面である。大宋屏風と呼ばれるもので、厚畳を重ねて造った帝の寝床を囲っている。四隅に釣るされた灯籠の幽玄な光が設えを照らし、壁と屏風に揺らいだ影を映しだしていた。

西南の位置に設えた女房の座まで回り、伊子はその場にひれ伏した。

「主上、準備が整いました。どうぞお渡りくださいませ」

その直後、がさっと衣の擦れる大きな音がした。

「いかがなされましたか？」

念のために伊子は声をかけた。肩に羽織（はお）っていた衵（あこめ）かなにかが落ちただけだろうと思ったが万が一のこともある。

一拍置いて、巨大な屏風のむこうから帝の声がした。

「……あなたが来たのか？」

かすかに震えた声に胸が塞がれる。

この役割は、内裏（だいり）女房の主席である伊子が果たすべきもので間違いない。だから心を鬼にして、良心の呵責（かしゃく）も思いやりも打ち捨てて役割を果たすと誓った。尚侍としてお仕えしたいのだという、自分の意思を主張するためにも。

伊子は首をもたげ、巨大な屏風をじっと見つめた。そのむこうにいる帝の姿など見えるはずもないが、彼と対峙（たいじ）するような気持ちで視線を固定した。

「――ご苦労。いまから参る」

押し殺した帝の声が聞こえた。持論に揺らぎはなくとも、叱（しか）られた子供のような心地になった。それで伊子は立ち上がるのが遅れてしまい、先導の位置につく前に帝に夜御殿を出られてしまったのだ。

一拍置いて後を追い、急ぎ足で夜御殿を出る。しかしそのときにはもう、帝は朱鷺子の手を取って御帳台の中に入ったあとで、帳（とばり）はすでに朱鷺子の女房の手によって下ろされていた。

怒りと落胆による帝の拒絶をひしひしと感じたが、ここで挫けてはならぬと自らに言い聞かせる。

気持ちを切り替え、伊子は新大納言夫婦がいる控えの間の戸を開けた。

少し奥に設えられた座に新大納言夫婦が並んでいた。

「北の方様、どうぞ御帳台に」

伊子の言葉に、紋子は立ち上がった。木蘭地（経糸黒・緯糸黄の織目色）の表着を引きつつ、戸のほうにと歩み寄ってくる。娘を引き立てるためなのか、今日の装束は先日のものよりずいぶんと大人しく見える。

戸の脇にたたずむ伊子とすれちがうとき、紋子はぴたりと歩みを止めた。そうしてやけに神妙な面持ちで言った。

「弘徽殿の御方が里帰りをなされたとお聞きしました」

どこから聞いたものかと思ったが、別に隠していることでもない。それに麗景殿からここに来るときに弘徽殿の前を通ったから、明かりがついていないことを不審に思ったのかもしれない。

玖珠子を迎えに行ったときに、弘徽殿の女房達を随分と怒らせたと聞いているから、多少は気にしてのこの発言なのだろうか。

「なればこれを機に、あちらの殿舎をお譲りいただけないものでしょうか」

一瞬なにを言っているのか分からなかった。

いや、もちろん言葉は理解できる。しかしあまりの厚かましい発言と、先ほどの神妙な面持ちがかみあわずに混乱してしまう。

「は、い？」

伊子はうっすらと唇を開けて、紋子の顔を見た。

神妙だった面持ちは変わらないが、最善の策を進言する臣下のように、控え目の表情の奥にはっきりとした傲岸さがにじみでている。

やはり聞き違いではなかったらしい。

伊子はひとつ息をつき、ねめつけるように紋子を見下ろした。そのつもりがなくとも身長差があるのでそうなってしまう。

本当に虫が好かない女だ。

男の腕にすっぽりと納まってしまう、小柄で華奢な体軀。匂いたつような色香。適齢期での結婚。正妻の座を得ての出産を無事に終え、優れた子供を三人も得て、伊子がひとつも持っていない、世間がいう女の理想をすべて手に入れている。

そして伊子を見る目に、いちいちその優越感がにじみでているのだ。

いらいらしてくる。だけど僻んでいるなどと、微塵たりとも思われては堪らない。

伊子は視線を落として、小柄な紋子を見下ろす。

これほど自分の長身に感謝したことはない。なぜなら背が低ければ、こんなふうに気にくわない相手を見下ろしてやることなどできないではないか。

威圧するように紋子を見据えると、氷のように冷ややかな声で伊子は言った。

「王女御様は、四日後にお戻りになられます。そのときには大姫様を、麗景殿女御とお呼びすることになっているでしょう」

「そんなことを言われたのですか!?」

承香殿に戻ってから紋子のことを話すと、千草はむしろ感心したような声をあげた。

「すごいですね。娘の新枕を前に、しかも衾覆のお役目を果たす前にそんな厚かましいことを口にするなんて」

「本当よ。そもそも妃の殿舎を移す権利なんて、私にあるわけがないでしょう」

「悪尚侍なら、女御一人を追いだすぐらい容易いことだと思ったのではありませんか」

からかうように言われて、伊子は顔をしかめる。もしも女御を追いだせるほどの力が自分にあるのなら、女御の母のほうを出入り禁止にしてやりたい。朱鷺子はまだ女御宣旨を受けていないけど――。

それまで笑っていた千草が、少し表情を改めた。

「考えようによっては、北の方と姫様との間の話で良かったかもしれませんよ。新大納言(しんだいなごん)が主上(おかみ)にそれを訴えたりしたら、かなり面倒なことになりそうですしね」

「……確かに」

伊子はうなずいた。しかもあの新大納言ならやりかねない気がする。それよりは伊子と紋子の間で応酬(おうしゅう)するほうがましなのかもしれない。もっともここで解決しなければ、千草の懸念(けねん)通りに新大納言が動く可能性も出てくる。

「なにかいい方法はないかしら」

伊子はぎゅっと眉(まゆ)を寄せた。

確かに弘徽殿という殿舎は、後ろ盾のない茈子には荷が重すぎる。だからといって茈子を追いだして朱鷺子を入れるなどできるわけがない。そもそもそんな強引な手段を取れば朱鷺子の評判こそ悪くなるというのに。

「心無い真似(まね)をすれば、娘のほうに悪評が立つとは思わないのかしらね」

「そのあたりにまで考えが及ばぬところが、世間知らずの奥様なのだと思いますよ」

苦笑交じりに千草が言った言葉に、伊子は顔をあげた。目が合うと、千草はにっと笑った。

「姫様も以前はたいがい世間知らずでございましたが、宮仕えをなされてからずいぶんと俗にまみれるようになりましたしね。そりゃあ最初は誰だって世間知らずですけど、こういうときの適応具合って、もとの聡明さが効いてきますよね。悪尚侍が邸の奥深くで大切に育てられた左大臣掌中の珠の姫君だったなんて、もはや誰も思っておりませんから」

例によって褒めているのか貶しているのか分からぬことを千草は言う。

多少閉口しつつも、伊子は合点がいった。

もちろん世には、世間知と常識を兼ね備えた家刀自は大勢いるし、逆に宮仕えをしながらも呆れるほど非常識な女房も相当数いる。しかし狡猾な紋子に抜け落ちたかのようにあるこの愚かさは、彼女個人の高慢な特性に、後宮や内裏の社会というものを知らぬことが加わった結果生じたものかもしれなかった。

「なるほどね」

相槌をうちながら、苦笑交じりに伊子は言った。

「じゃあ今度なにか言われたら、悪尚侍としてがんっと言い返してやるわ」

入内初日から三夜が過ぎ、三日夜餅と露顕まで結婚の儀は滞りなく終わった。

三日夜餅の頃から春雪がふりはじめ、翌朝の内裏はうっすらと雪化粧で覆われた。啓蟄も過ぎたというのに、珍しいことだった。

そんな季節外れの寒い日に、朱鷺子への女御宣下が下されたのだった。

四日目の昼下がり。伊子は清涼殿での仕事をいったん終えて、承香殿に戻るべく渡殿を進んでいた。寒い日はまだつづいており、昼間もちらほらと振りつづけた雪が庭の花卉に綿帽子をかぶせている。

「こんな日に、お迎えにあがって大丈夫かしら？」

「式部卿宮様ですか？」

独り言を、耳聡く千草が聞きつける。

「そうよ。確か今日、王女御様を迎えに上がられると仰せだったから。けど、この雪で車が動かせるのかしら？」

「大路小路は車通りも人通りも多いですからね。この程度の雪なら、踏みしだかれて残っていないと思いますよ。待賢門や上東門にはいつもと変わらないぐらい、牛車が停まっていたみたいですから」

待賢門と上東門は、大内裏に出入りするときに使用される宮城門だ。ゆえに宣旨を受けていない者達の牛車が、この付近で数多く待機しているのである。

そんな離れた場所を、なぜ見てきたように言えるのかは不明だが、とりあえず車を動かすのに問題はなさそうだ。むしろ明日以降、雪が解けて路面がぬかるんだときのほうが厄介なのかもしれない。

「それなら大丈夫かしらね……」

そう伊子が言うと、千草は少々強い口調で返した。

「大丈夫でなければ滞在を延期すればよろしいかと。弘徽殿の方々からすれば、麗景殿の母御前と同じ空気など吸いたくないでしょうから」

麗景殿の母御前とは紋子のことだ。そうだろうな、とは伊子も思う。弘徽殿の者達は紋子の顔も見たくないはずだ。

女御宣旨を受けたあとも、紋子は麗景殿に残ってあれこれと娘の世話を焼いている。あと数日は内裏に滞在しそうな気配だ。

壺庭（つぼにわ）に咲く椿（つばき）の花が一輪ぽとりと落ちたのが見えた。血のように赤い花が、雪で覆われた白い地面のうえに鮮やかに映えた。

そういえば茈子の里帰りの理由は、庭の椿が見ごろだからという話だった。茈子を迎えに行った嵩那は、こんな光景を目にしているのだろうか。

「まあ、美しいこと」

声をあげたのは伊子ではない。

渡殿のむこうに立っていたのは、玖珠子だった。

玖珠子はくるりと身体を反転させ、壺庭から伊子のほうにと視線を動かした。

伊子は一瞬、目を疑った。玖珠子だということはもちろん分かっている。ただ半月余ぶりに見る彼女の姿は、ずいぶんと大人びたように見えた。濃色（こきいろ）（赤みがかった紫）の小袖（こそで）

と袴に桜かさねの細長は、裳着前の少女の装いではあるけれど——。

「尚侍の君様、こんにちは」

やけに溌剌と玖珠子は述べた。

一瞬反応に戸惑った伊子を、千草が後ろから小突く。それで伊子は我に返った。

「これは中の君。おいでだったのですね」

「はい。お姉さまが女御とお成りになられたので、そのお祝いをお伝えしたくて先ほど参内いたしました」

なんの屈託もないように答えた玖珠子を、伊子は観察した。

(背が、伸びた?)

わずか半月で大人びたと感じた印象はそのせいか? しかしすぐに思いなおす。

目に見えて背が伸びたわけではないが、紋子や朱鷺子のように小柄な女人を見慣れていたから相対的に高く見えたのだろう。父親の新大納言に似たのか玖珠子はすらりと手足の長い少女だが、わずか半月で急に伸びるはずもない。

「さようでございましたか。仲のよい妹君のお顔を見られて、女御様もお喜びになられたでしょう?」

「ええ、私もお姉さまにお会いできて嬉しいのです」

「あなたは女御様のことを、木花開耶姫のようにお美しいと仰っていたけれど、お顔を拝してみて私も合点がいきました。まことに喬姉妹にも勝るとも劣らぬ、お美しい御姉妹ですこと」

玖珠子は先月参内したとき、朱鷺子の美貌を木花開耶姫に喩えた。対して帝が唐土の有名な美人姉妹・喬姉妹の名をあげたのだ。

確かに朱鷺子の美貌は圧倒的だった。その点だけを比べたのなら、玖珠子は少々見劣りする。しかし玖珠子は玖珠子で十分に愛らしいし、なにより潑剌としたふるまいと聡明な発言が彼女を珠玉のように輝かせている。

むくむくもたげてくる敵対心を抑えつけ、何気ないふうを装って伊子は言う。

「どちらに参られるのですか？　弘徽殿の王女御様は、里帰りをなされていてまだお戻りになっておりませぬが」

「存じております。先日お訪ねしたときに、王女御様からお聞きしましたから」

先日というのは、紋子がはじめて参内した日のことだ。伊子と紋子が応酬している間、玖珠子は茈子のところで遊んでいたのだ。

（え？）

ふと気になることが浮かんだが、それを突き詰める前に玖珠子が腕を動かした。

「私、梅壺の梅を見に参ろうと思っております。前の参内のときは、見ることが叶わなかったものですから」

そう語った玖珠子の指は、西北の方向を指し示している。弘徽殿と藤壺の横を通り抜けて、その先にある殿舎が梅壺だった。

梅壺の梅はもう散っていると思っていたが、どうなのだろう？　いや白梅は確かに散っているだろうが、紅梅ならまだ残っているかもしれない。印象として白梅のほうが早咲きのものが多い。

「さようでしたか。では冷えますゆえ、風邪など召されぬようお気をつけて」

伊子の言葉に、玖珠子はこくりとうなずいただけで言葉は言わなかった。

すれちがうようにして渡殿をそれぞれの方向に進み、承香殿の前に来たあたりで千草が言った。

「意外とおとなしかったですね」

千草は、玖珠子の意中が嵩那であることを知っている。そして玖珠子が伊子と嵩那の関係をうがっていることも。であればこの再会に際して、なにか挑発的な一言でも言ってくるかと思っていたのだろうか。

本当のことを言えば、伊子も少し拍子抜けしていた。

「急いでいたようね。別れ際もなにも言わないで行ってしまったし」

愛嬌の良い玖珠子には珍しいふるまいである。それほど梅壺の花が見たいものかと思ったが、まあ趣味嗜好はそれぞれだ。

「それより王女御様の里帰りに、北の方は関係ないかもしれないわ」

「え、なぜですか？」

唐突ともとれる伊子の発言に、千草は目をぱちくりさせる。

紋子から蔑まれたことで、弘徽殿の者達が入内にあわせるように御所を出て行ってしまった。だいぶん大袈裟に噂をされてはいるが、根幹はそれであると皆が思っていた。

「先ほど中の君が言っていたでしょう。先日来たときに、王女御からすでに里帰りの話を聞いていたって」

「ええ」

「ということは、北の方が弘徽殿の者達を怒らせる前に、里帰りの話は決まっていたということでしょ」

千草はとっさには理解できないようだったが、少ししてから〝なるほど〟とあいづちをうった。紋子が弘徽殿の者達に無礼を働いたのは、弘徽殿にいた玖珠子を迎えにいったときだ。紋子の非礼がきっかけで茈子の里帰りが決まったのなら、玖珠子が茈子から里帰りのことを聞けるはずがない。紋子のふるまいとは別に里帰りがすでに決まっていたことだから、玖珠子は話を聞くことができたのだ。

「ならば椿を見たいというのは、本当のことだったのですね」

「だとしたら、この雪でさぞ美しい光景が見られたでしょうね」

先ほど目にした、雪の上に落ちた赤い椿の鮮やかさを思いだして伊子は言った。

事件はその日の夕刻、茈子が御所に戻ってきた直後に起きた。

弘徽殿から響いた悲鳴に、折しも間近の渡殿に出ていた伊子は急いで歩を進めた。妻戸は開け放たれたままで、これは火急の事態にちがいないと察して、断りもないまま中に飛びこんだ。

「いかがなさいましたか⁉」

声をあげて奥に進んだ伊子の目に、端に固まって身を震わせる女房達の姿が映った。全員が顔馴染みの弘徽殿の者達である。彼女達の横をすり抜けるようにして数歩進んだところで、伊子は思わず足を止める。

「これは……」

それきり絶句する。

廂の間が赤く汚れていた。

床に広がった液体のようなものは柱にまで散っており、まるで獣を斬り殺したあとのようだった。

（……血？）

穏やかならざる事態に鼓動が早まる。

これが血だとしたら、なにが起きたのか？　どう動いたら良いのか？　まずはなにからすべきなのか。考えをまとめようとするが、あまりの不測の事態に混乱して集中ができない。

「女御様、外に出ましょう」

聞き覚えのある声に伊子はわれにかえる。声の主は茈子の乳母(めのと)だった。女房達の間で呆然(ぼうぜん)と立ちつくす茈子の肩を揺するようにして外にと促している。

確かにこの光景は、九つの女童には衝撃が強いだろう。承香殿にいったん避難してもらうおうと、伊子は茈子に声をかけようとした。

そのさい足許(あしもと)に散っていた赤い汚れがふっと目に留まった。

（これは？）

伊子は目を凝(こ)らした。あきらかに血ではなかった。よく見るとまったくちがう。赤い液体は血のように濃くはなく、床の柾目(まさめ)が透けて見えるほどの薄さだった。そのことに気付いて、なにかが解けるようにすっと冷静になった。

（ならば、不浄(ふじょう)ではない）

ひとまずそのことに安心する。清浄を保つべき御所で、血の穢(けが)れはご法度(はっと)である。

そのとき母屋(もや)から二人の青年が出てきた。あわてて檜扇(ひおうぎ)をかざした伊子を見て、彼らはその場で顔を伏せて告げた。

「われら滝口。こちらでの悲鳴を聞きつけ参上いたしました。ただいま殿舎内を確認いたしましたが、不審な者は誰もおりませぬ」

滝口とは、宮中警護にあたる滝口の武士のことをいう。詰所である滝口陣が弘徽殿間近にあるのですぐに参上することができたのだろう。妻戸が開け放たれていたことも、それで合点がいった。あれは彼らが飛び込んだ形跡だった。女房達が普通に入ったのなら、妻戸を開けたままにしておくはずがない。

こほんとひとつ咳払いをして、伊子は言った。

「ご苦労でした。内のことは私が対処するゆえ、あなた達は惣官（滝口の一臈のこと）にこの旨を報告し、このあとの指示を受けるようになさい」

「かしこまりました」

滝口達は一礼して弘徽殿を出て行った。惣官がよほど愚か者でもないかぎり、御所に不審者がいないかを隈なく調べるだろう。

気を取り直すと、あらためて伊子は言った。

「女御様。すぐに掃除をさせますので、一時だけ承香殿にご滞在いただけますか」

茈子にというよりは、周りの女房達に告げたつもりだった。しかしぎこちなくうなずく女房達の中で、真っ先に声をあげたのは茈子だった。

「こんな怖い所はいや！」

乳母があわててなだめにかかる。

「大丈夫ですよ。いまからきれいにしてもらいますからね」

「きれいになったって嫌よ。こんなところには二度と来たくない」

地団駄を踏んで訴える茈子は、恐怖からなのかすっかり癇癪を起こしてしまっている。乳母や他の女房達になだめすかされる茈子をなんとか弘徽殿から出したあと、伊子は一人残って屋内をぐるりと見まわした。

夕暮れのほの暗い中で、かろうじて赤いことが判る汚れは、すでに木材に吸収されて染みになっている箇所もあった。漆でも塗っていれば水分をはじくが、一般的な材木ではそうもいかない。

（でも、まだ吸いこまれていないところもある）

所々残っている水滴のような汚れに触れてみる度胸は、さすがになかった。潔癖ではなく、得体の知れぬものに触れることは単純に怖い。

しばしの思案のあと妻戸から出ると、騒ぎを聞きつけた勾当内侍と小宰相内侍が不安げな顔で簀子に立っていた。伊子はざっと事情を説明して、女孺達に命じて掃除をさせるように言った。

「なんの汚れだか分からないから、気をつけるように言ってね」

　二人の内侍はすぐに動いたが、伊子はその場に立ったまま、ゆっくりと視線を東の麗景殿にと移した。釈然としない思いが胸に燻りつづけていた。

　茈子の動揺は想像以上で、掃除が終わったあとも絶対に弘徽殿には戻りたくないと頑固に主張しつづけた。あれは血ではないから不浄などではない。それでも怪異ではあるから一応祓は済ませているから安心してよいと言っても聞く耳を持たず、戻らないの一点張りだった。

　ならば茈子の気持ちが落ちつくまで、梅壺に移動してはどうかという話になったのも必然のことだった。もちろん伊子の独断で決めることはできぬので、帝の許可を得なければならない。

　次第を帝に報告できたのは、すっかり夜になった頃であった。帝は昼御座から引き下がり、朝餉の間でくつろいでいた。弘徽殿で起きた怪異自体は早めに知らせていたが、そのあとの茈子への影響までは報告できていなかったのだ。

「王女御の気持ちが納まるのなら、それで構わぬだろう」

　そう答えたあと、帝は苦笑交じりに言った。

「今宵は王女御を召そうと思っていたのだが、やめて良かったようだ」

伊子は軽く瞬きをする。

昨日までは入内の儀が行われていたから、朱鷺子が三夜連続で召されていた。

その翌夜に茈子を召すというのは、後ろ盾の弱い妃に対する帝の気遣いに他ならない。

九つの茈子とは褥を共にするだけで、夫婦の行為に及ぶことはない。しかし帝が茈子を蔑ろにはしていないことを、御所の者達に示すことができる。

「王女御様に、その旨はお伝えしておきます。きっと心強く思し召されることでございましょう」

微笑まし気に語った伊子を一瞥し、帝はくすっと笑った。

「そのように婀やかなあなたを見ていると、とても〝悪尚侍〟と呼ばれているとは思えないね」

伊子はふたたび目を瞬かせた。おそらくだがそれは、先ほどのものよりもずっと大きな瞬きだったはずだ。

「……ご存じだったのですか?」

「蛍草から聞いたよ」

あの白面郎が！　敬意を払っていると言うわりには、ことごとく余計なことばかりする少年に、伊子は思わず歯がみをする。その憤りを顔に出したつもりはなかったのだが、帝はくすっと声をたてて笑った。

「けれどあなたの仕事ぶりを見ていると、悪尚侍とはよく申したものだと思うよ」

戯言のように告げられた言葉に引っかかる。

善悪ではない意味で用いられる〝悪〟は、周囲をおびえさせるほどの果敢さを持つ者につけられる。

入内の初夜。帝の想いを承知したうえで容赦なく責務を果たした自分は、確かに〝悪尚侍〟かもしれなかった。

「……もったいないお言葉でございます」

微塵もひるんだ気配を見せない伊子を、帝は感情のうかがえぬ瞳で見た。

やがて、さらりと口調を変えて問い直す。

「それで結局、弘徽殿に撒かれていたものは血ではなかったのだね？」

「そうであれば、こうして主上の前に参じておりませぬ」

血の穢れに遭遇した者は、祓を済ませなければ人に会うことができない。穢れが伝播するとされているからだ。只人（この場合は臣下）に対してさえそうなのだから、帝の前に上がるなどもっての外である。

伊子の答えに帝は首を傾げた。

「ではいったいなんであったのだろうか？　朱墨か朱漆とか……」

「私が目にしたかぎりでは、さように濃い色ではございませんでした。掃除をした女官の話でも、さほど濃い染みは残らなかったということですから墨ではないでしょう」

「ならば染料か？　染液にすれば水のように撒けるであろう」

「だとしたら紅の染料は特に高価ですから、なまじかな者ではそのような悪戯には使えぬものと存じます」

単純に考えれば、なにが撒かれていたのかより、なんのために撒かれたのかのほうが重要だった。しかしなにが撒かれたかを知ることによって、犯人を探しだすことができるやもしれない。仮に撒かれていたものが染料だったとしたら、ある程度財力のある者に絞られてくる。


——なればこれを機に、あちらの殿舎をお譲りいただけないものでしょうか。


入内の儀の初夜。不敵な笑みとともにつきつけられた紋子の要求を思いだす。まさかそこまでのことはすまいと思うのだが、一度抱いた不信はなかなか晴れない。

（でもそんなことをすれば、自分達が疑われることぐらい分かるわよね……）

すでに内裏女房達の間では、弘徽殿を穢した犯人は紋子ではという噂が立っていた。

理由はもちろん、これまでの紋子の数々の不遜な言動にある。茈子を弘徽殿から追いだすためにあんな嫌がらせをしたのではないかというわけだ。とうぜんながらそんな瑣末なことを帝に知らせてはいない。

「失礼いたします」

襖障子(ふすましょうじ)のむこうで女人(にょにん)の声がした。隣は女房の控え所でもある『台盤所(だいばんどころ)』である。伊子は座ったまま上半身を反転させた。

「何事です？」

襖障子が細く開き、小宰相内侍が顔を見せた。

「あの、麗景殿女御様から主上に……」

そう言って小宰相内侍が差し出したものは、小さな籠物(こもの)に生けた椿(つばき)だった。一輪挿しの椿は途中で枝分かれしており、片方の枝は深紅の花を咲かせ、もう片方の枝にはほころびかけた蕾(つぼみ)がついている。

「遊びにいらした妹姫が、ご実家に咲いた椿を持参してくださったそうです。とても愛らしいので、主上にもぜひ見ていただきたいと……」

小宰相内侍の説明を聞いた帝は、興味深げに身を乗り出す。伊子は花籠(はなかご)を受け取り、帝の前に置いた。

「なるほど、これは確かに可愛(かわい)らしい」

帝は口許(くちもと)をほころばせ、伊子のむこうにいる小宰相内侍に言った。

「麗景殿には、よしなに伝えておくように。三日間の婚儀で疲れているであろうから、今宵はゆっくりやすむがよかろう」

「承知いたしました」

襖障子のむこうで小宰相内侍は一礼した。そしてこっそりと、伊子にだけ聞こえるようにささやいた。

「母親仕込みの牽制ですかね。疑念が自分達のほうにむかないようにと」

なんとも答えようがなかったが、こういうことを口にしてしまうのがいかにも小宰相内侍らしい。立場的にやんわりとでも咎めなければいけないのだろうが、この場でそれをしては、内裏女房達が麗景殿を疑っていることが帝に知られてしまう。実を言うといまの小宰相内侍の発言も聞こえてやしないかとひやひやしたのだが、静かに椿を観賞している帝の様子を見るとどうやら大丈夫なようである。

伊子は何気なくを装い、あらためて帝に話しかけた。

「それにしても王女御様のご実家だけではなく、麗景殿女御様のご実家も椿が美しいのですね」

「そういえばまことであるな。特に昨日のように雪が降ったあとの日は、落花がさぞ映えることであろう」

感慨深げに語ったあと、帝は花籠を床に置いた。

「尚侍の君。これはどこかに飾っておいてくれ」

「なればそこの二階棚にでも置いておきましょう。あちらでしたら、いつでも目にすることが叶いますゆえ」

伊子は花籠を手にして立ち上がった。椿は時季的にはけして珍しい花ではないが、それにしても偶然が重なったものだ。

（まさか、王女御様を挑発するつもりじゃないわよね）

いや、いくらなんでもそんなことはできない。そもそも茈子が椿を見るために実家に帰ったことを紋子が知るはずが——。

（いえ、あるわ）

娘である玖珠子から聞いた可能性がある。

入内の二日前。紋子と一緒に参内した玖珠子は、茈子から里帰りの話を聞いていた。そのさいに「椿を見たい」という里帰りの理由を話すことは自然な流れだし、それを玖珠子が紋子に話してもなにも不思議ではない。

伊子は二階棚の上に籠を置くと、襖障子の先でいままさに立ち上がろうとした小宰相内侍を引き留めた。

「待って、麗景殿には私が行くわ」

急な訪問、しかも夜も更けようという、遅い刻限だ。只人相手でも失礼なのに、相手は帝の女御である。

「でも、こっちは帝のお遣いですからね」

不遜なことを言う千草を、伊子は「こらっ」と小声で叱（しか）りつける。

通された廂（ひさし）の間には、三尺几帳（きちょう）と大殿油（おおとのあぶら）が設（しつら）えてある。練絹（ねりぎぬ）の帳（とばり）に施（ほどこ）された朽木形（くちきがた）の紋様が、灯火に照らされて淡く浮き上がって見えた。

母屋（もや）との間の御簾（みす）は巻き上げられ幾人かの女房の姿が見え隠れしていたが、正面の御座所（おましどころ）は無人だった。床に入るほどの夜更けではないが、こんな刻限にとつぜん押し掛けたのだから、多少待たされることはしかたがない。

「お待たせいたしました」

母屋に出てきたのは紋子だった。それでとうぜんだ。宣旨（せんじ）を授けにきたわけでもないのだから、女御当人が出迎える必要などなく、相応に格のある人物に伝声できればよい。急な訪問にもかかわらず、赤朽葉の唐衣（からぎぬ）に山鳩（やまばと）色の表着（うわぎ）をきっちりと着こなした紋子に、いまさらながら伊子は自分の唐衣の襟（えり）を整えた。

紋子は御座所から少し離れた、しかし伊子から見通しのよい場所に座った。御座所はあくまでも女御・朱鷺子の席であるから、母親とはいえ侵すことはできない。

「御母君には、入内の儀はお疲れ様でございました」

まずは世間話的に、伊子は切り出す。

「ありがとうございます。その節は尚侍の君様に、まことにお世話になりました」

型通りの返答をした紋子に、伊子は表向きの用件である帝の言葉を告げる。

「こちらから献上いただいた椿の花を、帝はいたくお気に入りのご様子でした。麗景殿女御様には、御入内の儀の疲れを癒(いや)すべくゆっくりとお休みいただくようにとの仰(おお)せでございます」

伊子の言葉に、紋子は床に三つ指をついて深々と頭を下げた。白魚のようにほっそりとした指は、きちんと爪が切りそろえられていて桜貝のように可愛らしい。

「こちらの女御様のお美しさとお気立ての良さを、主上はすっかりお気に召されたようですわ。じきに藤壺女御様もお戻りになられますので、弘徽殿の御方ともども後宮を華やがせてくだされればと、尚侍として願っております」

前半の、帝の朱鷺子に対する感情の部分は完全にでまかせである。伊子は帝に朱鷺子の印象を尋ねていないし、帝も伊子には一切話していない。

入内の儀における容赦(ようしゃ)ないふるまいは、尚侍としての仕事だから躊躇(ためら)わなかった。しかし世間話的に朱鷺子の印象を尋ねるというのは、さすがに無神経が過ぎる。もはや悪辣(あくらつ)である。そして帝の側もなにも言わなかったので、朱鷺子にかんしての印象は主従の間で共有されていないのだ。ただ一昨日の昼過ぎ、尚鳴に「非常に美しい姫であるが、まだ物堅さが抜けない」と苦笑交じりに言っていたのを耳にしたときは、悪い印象は持っていないのだろうと感じた。

紋子に告げたいことは前半のでまかせではなく、後半の真実の部分だ。

いかに華やいでいようと、しょせんは新参者。桐子、茈子という古参の女御達の存在を蔑ろにするな、そう釘を刺したのだ。

同じ後宮に入ったからには、妃同士手を携えて仲睦まじく——などと女の気持ちを踏みにじる偽善を強要するつもりはない。だが、相手に危害を加えることは許さない。

伊子の言葉を聞いた紋子は、しばらく顔を伏せたままでいた。

やがてそろりと上げた顔には、うっすらとした笑みが浮かんでいた。

「そういえばお聞きいたしましたわ。弘徽殿は大変な有様であったそうですね」

「……」

「血のように赤く汚れていたなどと、なんとも縁起の悪いことでございます。なんでも王女御様は、弘徽殿には二度と戻りたくないと仰せになられて梅壺にお移りになられたとか。まだ稚い御方ですから、それもいたしかたないものと存じます。いっそのことこのまま梅壺にお住まいになられたほうが——」

「とうぶんは、そうしていただくつもりです」

ぴしゃりとはねつけるように伊子は言った。言葉そのものは紋子の発言を肯定しているのだが、どう聞いたって好意的には捉えられない口ぶりだった。案の定、紋子は少しむっとした顔になったが、かまわず伊子はつづけた。

「いかに祓をすませたとはいえ、あのような不吉なことが起きた殿舎にお戻りいただくなど、自ら凶事の中に飛びこむようなもの。さすれば帝の傍に侍っていただくわけにもいかなくなりますゆえ」

　この伊子の主張に、紋子は表情を強張らせた。要するにいま朱鷺子を弘徽殿に入れようとすれば、帝から遠ざけねばならなくなるということだ。視界の端で、千草が会心の表情で何度も相槌をうつ様子が見えた。

「さように大袈裟な……。祓は済ませたのでございましょう」

「されどなんの穢れであるかが、未だに分からずにおります。真相が明らかにならぬ状況では、高貴な方々に入っていただくわけには参りませぬ。もちろん何者かが故意に弘徽殿を汚したというのであれば、真相も明らかになりますので話は変わってきますが」

　憤然と言い放つよう見せかけながら、伊子はちらちらと紋子のようすをうかがった。

　紋子が弘徽殿を汚した犯人なら、後半の言葉で多少なりとも動揺するかと思ったのだ。

　しかし——紋子はひどく不服気な面持ちで伊子の話を聞いていたが、動揺しているようには見えなかった。ふてぶてしいのか、はたまた本当に関与していないのか、この段階では分からない。だからこそ勢いを殺さずに伊子はつづけた。

「女御様方の御身になにか禍があれば、帝の御身にも影響いたします。ゆえにこちらの方々もとうぶん弘徽殿にはお近づきにならぬよう」

紋子はあからさまに不満げな顔になった。弘徽殿を汚した犯人が誰であるかはともかくとして、紋子はこれを好機として弘徽殿を手に入れたいとでも考えていたようだから、完全に目論みが外れたことになる。

それとは別に、伊子の頭ごなしの命令に単純に腹が立ったのかもしれない。紋子の身分を考えれば、母親以外の女からなにか命じられた経験は皆無であろう。あるいはこちらのほうがより紋子の癇に障った可能性はある。

「ま、まあ…、さすが悪尚侍でございますこと」

屈辱と怒りからなのか、紋子の声は少し上擦っていた。他の女人であれば少しは申しわけないと思うが、紋子の疵子に対するこれまでの侮りを思えば、少しの良心の呵責も覚えない。他人を平気で軽んじる人間を軽んじたところで、なんの心の痛みもない。

そもそもが虫が好かない相手だった。なにしろこの女は、同じ年で結婚も出産もしていない伊子を軽んじているのだから。

案の定、紋子は鬼の首を取ったように鼻を鳴らした。

「尚侍の君様は女の身でありながら、まことに世のことをよく存じていらっしゃる。同じ年だとうかがっておりますのに、私など夫と子供のことにばかり煩わされて、そのようなことを知る余裕もございませんわ」

「ならば、教えてさしあげましょう」

自分でも少々引くぐらい、凄味のある声になった。

伊子は下長押に片膝を乗せ、ぎょっとした顔をする紋子にぐいと詰め寄った。

「あなたが心無い真似をなされば、それはそのまま姫君である女御の悪評となって跳ね返ってきます」

「……」

「内裏で苦しい思いをなさるのは、あなたではなく女御様ですよ」

紋子は呆然として伊子を見上げた。きれいに紅をかさねた形の良い唇が、だらしなく半開きになっている。

伊子は腰を上げた。お灸は据えた。火は十分熱かったようだ。どの程度、効果がつづくのかは分からぬが、とりあえず長居は無用である。

踵を返そうとした、まさにそのときだった。

するすると衣擦れの音をさせ、母屋に姿を見せたのは朱鷺子だった。

大殿油の光に照らされたその幽玄な美貌に、はからずも伊子は気圧されかける。

豊かな黒髪は、身の丈を越してさらに長い。折れそうにか細い身体を包む装束は、深紫の小袿に紅匂いの五つ衣。単は桃花を思わせる艶やかな薄紅色。

朱鷺子は御座所（おましどころ）には座らず、その場に立ちすくんだようにして伊子を見ている。少し離れた場所でへたれこむ母親など見てもいない。

やがて朱鷺子は、小さく嘆息（たんそく）した。なにごとかと身構える伊子を前に、朱鷺子は紅を拭（ぬぐ）ってもなお桜の花びらのように可憐（かれん）な口唇を動かした。

「むべ、時めくにこそありけれ」

むべ、時めくにこそありけれ——なるほど、これは寵愛（ちょうあい）されるはずだ。

朱鷺子が感情を込めずに告げた一言は、承香殿に戻ってからも伊子をひどく戸惑わせていた。しかし一緒にその言葉を聞いていた千草のほうは呑気（のんき）なものだ。

「確かにあちらの御姉妹方からすれば、姫様はどちらにとっても恋敵（こいがたき）になりますからね」

「……勘弁してよ」

脇息（きょうそく）にもたれ、伊子は頭を抱えこんだ。二十四、五歳の女人ならまだしも、相手は十二歳と十三歳の少女。しかも母親の紋子は伊子と同じ年だというのに。

幼若な相手と軽んじるつもりはないし、逆に若さに対して卑屈（ひくつ）になるつもりもない。

しかしそう思うのは玖珠子に対してだけで、朱鷺子にはむしろ申しわけないという気持ちのほうが強い。

帝の意中が伊子であることは、もう一年近く前から公然である。そんなことは分かったうえで朱鷺子も入内しているだろうし、そもそも後宮入りする段階で、他の女人の存在を気にすること自体お門違いである。

そうは割り切ろうとしても、帝の意中が妃ではない自分であることに、女御達に対して心の咎めを覚える。等々深刻に悩む伊子に対して、千草は晴れ晴れと告げた。

「それにしてもすごいですね。二十歳も若い相手からそんなふうに言われるなんて、女冥利に尽きるじゃないですか」

「そもそも、それがおかしいでしょ⁉　相手はあんなものすごい美少女なのよ。しかも母親をいじめていたと思われても不思議ではない状況だったのに、どうしてあんな言葉が出てくるのよ」

どう考えても嫌みとしか思えない。そもそも境遇と状況を考えれば、敵意を持たれていてもよいはずなのに。

（そうね、普通に考えて嫌みだわ）

結局はその結論に落ちつく。

割りきるとあっさりしたもので、伊子は口調を変えた。

「弘徽殿を汚したのは、北の方ではないと思うわ」

「はい？」

急な話題転換についていけなかったのか、千草は不意をつかれたような顔をする。だがすぐに眉（まゆ）を寄せ「ちがうんですか？」と言った。内裏女房達と同じで、端（はな）から紋子が犯人と決めてかかっていたようだ。

伊子はこくりとうなずく。

「もちろん私も最初は疑っていたわ。だけど決め手に欠けるというか、どうにもしっくりこない部分があったのよ。それに先ほど話して感じたのだけど、ひょっとしてあの女（ひと）は、自分が弘徽殿を汚した犯人だと疑われているなどと、露ほども思っていないのではないかしら」

「え？」

「不用心な発言が多すぎる。この間合いで弘徽殿を譲（ゆず）るように匂わせるだなんて、犯人だとしたら迂闊（うかつ）にもほどがあるわ」

疑われぬための工作をしないのは、後ろめたいところがないからだ。いや、それなりに陰湿な真似はしているのでその点では後ろめたくは感じて欲しいのだが、ともかく犯人とするには発言が迂闊（うかつ）すぎた。

伊子の推論に、千草は口許（くちもと）に手をあてて考えこむ。やがて呻（うめ）くように「確かに」と漏（も）らした。

「では、椿（つばき）を主上に献上したのは偶然だったのですか？」

「それは、おそらく王女御様への挑発だと思うわ」

そう。中途半端に性格がいやらしいから、かえって混乱させられたのだ。

「でも弘徽殿を汚したのが北の方なら、王女御様達を徹底して怖がらせるために、もっと過激を働いたと思うのよ。そうでしょう？　だって目的は嫌がらせではなく、弘徽殿を奪うことなのだから。追い出すためには、それこそ獣の血や汚物を使うとかね」

「いくらあの北の方でも、そこまでしますかね？　だって御所ですよ。しかも娘のために奪いたいと願っている殿舎をそんな完膚なきまでに汚しますか？」

「だけど彼女は、祓をすれば大丈夫だと思っていたでしょ。まあ確かに無理なのは数日ぐらいで、実際には大丈夫だけど……」

「そういえばあのとき、よくあんな大嘘をつきましたね」

思いだしたのか、呆れたように千草は言った。

たとえ祓をすませていようと、真相があきらかになるまで高貴な方々を立ち入らせるわけにはいかない。そう紋子に断言した。もちろん大嘘だ。そもそも怪異など真相が分からぬことのほうが多いのだから、いちいちそんな対応をしていたら御所の中は立ち入り禁止の場所だらけになってしまう。

伊子は舌を出した。

「どうせ彼女は、御所のことなんて詳しく知らないでしょうからね」

ゆえにはったりを言ってやったのだが、素直に信じたようだ。紋子は家政には長けているだろうが、御所の内情など知るはずがない。

ともかく紋子が芘子を追い出すために弘徽殿を汚したのなら、本物の血や汚物は無理でももっとそれらしく見えるものを使うだろう。

「血に見せるのなら赤漆とか、真朱や銀朱の顔料。染料であれば紅花、それも紅の八塩（紅花の濃染）を染めるぐらい大量に必要となってくるでしょうけど」

伊子の口から次から次にと出てくる高価な原料に、千草は辟易したように言った。

「もったいない……」

「いまをときめく新大納言の北の方ならば、それはできるでしょう」

「でも、弘徽殿はそうされていなかったのですよね」

素早く千草が指摘した。すでに伊子が言いたいことはつかんでいるようで、さすがは乳姉妹である。千草にはこれ以上説明はいらないかとも思ったが、せっかくだからもう一押ししておこう。

「そこの手箱を取ってちょうだい」

伊子は二階棚に載せた箱を指さした。千草が差し出した手箱を開くと、中には白絹の手巾が入っていた。

「なんですか、これは？」

「一度洗わせたけど、実はその手巾で弘徽殿の汚れを拭っているのよ」

千草は怪訝な顔のまま手巾を手に取った。灯火のもとで広げた絹布には、目立つほどの染みはなかった。弘徽殿の汚れが朱墨、ないしは染料によるものなら、ここまできれいには落ちない。

千草は手巾をきゅっと握りしめ、伊子の顔を見た。

「つまり弘徽殿の汚れは、確実に朱墨や染料ではなかったということですね」

「ええ。もちろん、血でも汚物でもないわ」

「なればいったい何者が、なにを使って弘徽殿を汚したのでしょう」

ここぞとばかりに千草が本質に踏みこんだ。ここまでけっこうな時間を使って、虫が好かない紋子の冤罪を晴らすことに熱くなっていたのだから、冷静になってみれば馬鹿馬鹿しい話である。

「半分ぐらい、心当たりはあるわ」

伊子の発言に、千草は〝え〟と声をあげて詰め寄った。

「な、何者ですか？」

伊子はゆっくりと首を横に揺らし、檜扇の先でこめかみを押さえた。

「でも、あとの半分が分からないから、詰められないのよね」

里帰りをしている藤壺女御こと桐子の体調が思わしくない。

その旨を帝から聞かされたのは、翌日のことだった。産み月に入ってからの不安な報せに伊子は眉を曇らせた。

「右大臣は卜占をさせて、産所を自分の邸から五条にある奥方の実家に移したそうだ」

「それは大儀でございますこと」

いつ産気づいてもおかしくはない妊婦を移動させることはいかがなものかと、経産婦でもない伊子でさえ不安に思う。しかし出産は命がけの大事。少しでも不安を除きたいというのは親心であろう。などとそりのあわぬ桐子と右大臣にさえ、同情めいたことを思う。

「それであなたに、藤壺の様子を見に行って欲しいのだが」

その瞬間、まちがいなく伊子の表情は引きつった。

そのつもりはなくとも、本能的なものだからしかたがない。そしてとうぜんながら、その表情は帝に見られていた。

申しわけなさそうに肩をすぼませた帝に、伊子はあわてる。

「承りました。さっそくよい期日を調べて、先方にも伺いを立てましょう」

「すまぬな。男では藤壺の容態を細やかに確認することができぬゆえ」

なるほど。同じ地位であっても男のほうが身軽で内裏の外にも簡単に出られる。しかし彼らでは桐子と直接顔をあわせることはできない。つまり帝は女房に言付けるだけの見舞いではなく、しっかりと桐子の様子を見てきて欲しいと望んでいるのだ。

そして女房達の中でも飛びぬけて身分の高い伊子にその役目を請け負わせるのは、桐子に対する尊重を世間に知らしめたい帝の意向である。同じ上臈でも御匣殿祇子では、もともとが桐子の女房なので若干その効果が弱くなる。

（まあ御匣殿は、藤壺女御に会いたいでしょうけど）

弘徽殿の騒動に片が付いていない中、御所を出ることは躊躇われるが、外出といってもせいぜい一日ぐらいだから大丈夫だろう。気は進まぬが名誉な役目であると、伊子は納得した。

その日の仕事を終えて承香殿に戻っている途中、渡殿で嵩那が声をかけてきた。

「弘徽殿の件で、ご相談が……」

伊子は目を見開いた。

「分かりました。一緒にお越しください」

そのまま連れ立って承香殿に戻り、話を聞いた。

几帳と屏風で囲った局からは、千草以外の女房は遠ざけている。

「大君は、弘徽殿に散っていた汚れを目になされたそうですね」

「ええ。赤い液体で、最初は血と勘違いしてひるみましたが、幸いにしてちがっておりました」

「触れるか、もしくは臭いを嗅ぐなどいたしましたか？」

伊子は首を横に振った。いまでこそ問題がなさそうだと分かるが、あの時点ではなにも分からなかった。毒物の可能性もあるし、そうでなくとも赤漆のように強いかぶれを引き起こすものもある。

伊子の反応に、嵩那は顎に手をあててしばし黙り込んでいた。やがて少しの躊躇いを残しながら口を開いた。

「染液という可能性はありませんか？」

ひょっとして嵩那は、昨夜の自分と千草のやり取りを知っているのではと思った。警戒するつもりはなかったが、自然と伊子は慎重な口調になる。

「……紅花や茜ですか？」

「いいえ、椿です」

伊子は身じろいだ。伊子のその反応に、嵩那は瞠目する。目を見合わせたあと、伊子は千草を呼んで、他の女房達を遠ざけるように命じた。ごそごそと人の動く気配がして、伊子と嵩那はたがいに無言のまま、それが静まるのを待っていた。

やがてあたりは静けさに包まれ、大殿油の灯芯の焦げる音だけが低く聞こえていた。

嵩那は周囲を見回し、人の目がないことをあらためて確認する。

「色のある花弁を絞るか、あるいは煮出せば、花の種類にもよりますが同じ色の液体が作れるでしょう。染料としては使えるかどうかは存じませぬが——」

「染料である必要はありません」

きっぱりと伊子は言った。

そうだ。床や柱を一時的に赤く汚せればそれでよいのだ。白い布を永続的に濃い紅に染めあげる性質など必要ない。赤い液であればそれでよい。

伊子は声をひそめた。

「なにか、お心当たりがおありですか？」

「兄上……兵部卿宮邸の椿が、一輪も落花していませんでした」

「え？」

「王女御をお迎えにあがった日、雪の上に椿が一輪も落ちていなかったのです」

確かに、あの日は早くから春雪が降っていた。御所でも白く覆われた地面に紅の椿が散った美しい光景を目にした。

しかし兵部卿宮邸で、その光景は見られなかったのだという。

雪の上に散った椿は、普通はそのままにして愛でる。朽ち果ててしまったものならともかく、まだ美しく咲いている花を浚ってしまうような無粋な真似は普通しない。

しかし椿の花が必要であったとしたら、それはいたしかたない。

ならば、なんのために必要であったのか。それを嵩那は、弘徽殿を汚す赤い液を作るためだったのではとほのめかしているのだ。つまりはそれは——。

「今回の騒動は、弘徽殿の方々の自作自演だということですね」

なんのためらいもなくずばりと言えたのは、伊子もずっと不審に思っていたからだ。状況から人々は紋子を疑っていた。しかし彼女を犯人とするには、色々と引っ掛かる部分が多かった。

弘徽殿の自作自演は、可能性として最初から伊子の頭にあった。殿舎に入ってすぐに持参した赤い液を撒き、素知らぬ顔で悲鳴をあげれば侵入者がやったこととして誰も疑わない。それに実家の椿の花であれば、後ろ盾の弱い弘徽殿の者達でも心置きなく使うことができる。

嵩那はうなずいた。

「では、ないかと思ったのです」

「確かに動機はございますね」

渋い顔で伊子は言った。

考えうる動機は二つある。

一つは、自分達を貶めた紋子を嵌めるため。そしてもう一つは、自分達の体面を保ったまま弘徽殿を手放すためだ。

紋子の嫌がらせに怒りはしても、将来的に弘徽殿という格の高い殿舎が自分達の手に持て余すようになることを女房達も分かっていたのだろう。そのときになって追い出されるような形で離れるよりは、いま自主的に移ったほうが良いと考えたのではないのか。そうやって考えると、あのときの弘徽殿の女房達のおびえっぷりは妙にわざとらしい印象もあった。

「されど、微妙に間があわぬのです」

推測した動機を嵩那に伝えたあと、伊子は眉間に皺を刻んだ。

「間があわぬ、とは？」

「王女御様の里帰りは、新大納言の北の方が、弘徽殿の方々を挑発する前に決まっていたというのです」

そのことを伊子は、玖珠子とのやり取りで知った。

里帰りをしたいという希望があまりにも急だったので、絶対に紋子の嫌がらせが原因だと思っていたのだが、あれは少々意外な真相だった。もちろん紋子の動きは関係なく、以前より弘徽殿という殿舎を持て余し、策略を練っていた可能性はある。だがそうだとしたら、こんな急な里帰りにはならない。

「梅壺に行って、問いただしてみますか？」

嵩那の提案に伊子は気難しい表情で首を捻った。

今回の騒動が弘徽殿の者達の自作自演だとしたら、動機自体は伊子が考えた二つのうちどちらかで正しいだろう。しかし里帰りを言いだした間に疑問が残るし、そもそも証もないまま、女御の身分にある人を問い詰めるなどできない。

拳で額を押しながら、伊子は考えを取りまとめる。

どうであれ、弘徽殿の者達の意向は探ってみるべきかもしれない。

彼女達の目的が紋子への報復であれば、いずれ弘徽殿に戻ることを希望するだろう。逆に弘徽殿から離れることが目的なら、不吉を理由に梅壺にこのまま留まるはずだ。

決意を固めると、伊子は立ち上がった。

「ひとまず訪ねてみましょう。どこまで突き詰められるかは分かりませんが」

「その前に――」

歩を進めようとした伊子を、嵩那が引き留めた。

伊子は立ったまま、嵩那を見下ろす。

嵩那は掬いあげるように視線を動かし、言った。

「まことに、辞官をなされてよろしいのですか？」

伊子は言葉を失った。

言わなければならないのに、なかなか言えずにずっと逡巡していた言葉を、こうもあっさりと口にされるとは思ってもいなかった。

その反面、やはりこの人は見抜いていたのだと妙に納得できる部分もあった。

辞官をしてもよいのか？　この問いに対しての答えは決まっている。したくない。尚侍の仕事をつづけたいという答えしかない。

にもかかわらず、喉が嗄れたようになって声が出ない。

無言で立ち尽くす伊子に、嵩那は静かに言った。

「まことに私の妻になっても、よいのですか？」

「辞官をしなくては、妻になってはいけないのですか？」

反射的に伊子は言い返していた。

なんということなのか。あれほど言葉選びに思い悩んでいたというのに、いざ口にしてみると、こんな呆れるほど単純な台詞しか出てこないだなんて――。

嵩那は瞠目し、そのまままじまじと伊子を見上げた。伝わらぬことへの憤りを覚えながらも、未知のものを見るような嵩那の目に居たたまれなくなる。

親王妃となるのだから、いや…そうでなかったとしても、愛する人のためなら自分の欲を呑みこむことぐらいできるだろう？　多少はできる。だがその言葉は、そっくりそのまま男達に返してやる。

愛する人のために自分の欲を呑みこむことを、男はほんの少しでもできないのか？　なぜとうぜんのように女ばかりがすべてを妥協することを強要される。片方ばかりがすべてを呑みこむのではなく、たがいに少しずつ歩み寄ればよいのに、なぜ女にばかりすべてを妥協させる。

しかたがない。女は子供を産む性だからだ。

それゆえに貴ばれ、それゆえに貶められる。時には矜持にも感賞にもなり、時には枷にも重圧にもなる。

高内侍と紋子の顔が思い浮かび、やりきれない気持ちになった。

唇をきゅっと結ぶと、伊子は袿の裾をひるがえして妻戸にむかった。音をたてて戸を開くと、そのまま簀子に飛び出した。

「姫様、待ってくださいよ」

追いかけてきたのは、嵩那ではなく千草だった。小走りで来ているので、手燭の明かりがゆらゆらと揺らめいている。

「ほんと、宮仕えをはじめられてから足が速くなられて、追いつくのが大変ですよ」

などと愚痴めいて言いながら、千草は大袈裟に息をつぐふりをしてみせた。

なにをわざとらしい真似を、伊子は頰を膨らませた。実家にいたときは、千草のほうこそいつもばたばたと邸中を駆け回っていたではないか。

「宮様は、なにがなんだかよくお分かりではないようなので、とりあえず追い出しました。馬道のほうから出て行ってもらいましたから鉢合わせませんよ。庭を歩きながらでも頭を整理なされるでしょう」

千草の言葉に、のぼせていた頭が少し冷えた。

嵩那がなにがなんだか分かっていない、というのは実際のところなのかもしれない。

──辞官をしなくては、妻になってはいけないのですか？

伊子は自分の気持ちを偽りなく告げたつもりだが、それは世間の観念とは著しくかけ離れている。だから嵩那には反発云々よりも、なにを言っているのかという混乱が先に来たのかもしれない。

追い出したという千草の判断は正しい。のぼせた頭の伊子と、事がよく分かっていない嵩那とで話しあっても、建設的な展開にはならなかっただろうから。

納得すると切り替えは早かった。

「ですから、もう戻っていらしても大丈夫ですよ」

などと言いながら承香殿のほうを指さす千草の誘いを、伊子はあっさりと拒絶する。

「なにを言っているの。梅壺に行くわよ」

「は？」

「話を聞いていたでしょう。今回の件は弘徽殿の者達が怪しいって」

「え？　はあ、確かに仰せでしたが……」

しどろもどろに千草は答える。あまりの切り替えの早さについていけないでいるのだろう。目を白黒させる乳姉妹を置いて、伊子はさっそうと歩きはじめた。しかし渡殿にあがってすぐに歩みを止める。

「あれは……」

後ろからついてきた千草が小さく声をあげた。

渡殿の先にある弘徽殿の妻戸が開いており、女人が一人中に入ったところだった。一瞬のことで半身しか見ることが叶わなかった。顔や背格好までは分からない。ただ長く引いた衣の具合から端女には見えなかった。

反射的に伊子は足を進めた。言うまでもなく弘徽殿は無人である。しかし妻戸の掛金は内側からしかかけられないので、侵入しようと思えばいくらでもできる。物盗りなら声を上げて周りに知らせるが、垣間見た装いからそうとは思えなかった。

急ぎ足で弘徽殿の簀子に上がり、間近の妻戸を押してみる。先ほど女人が入っていった箇所もここである。掛金はかかっていなかった。とうぜんだ。無人の殿舎に掛金がかかっているのなら、いま誰かが侵入していると知らせているようなものだ。

後ろにいる千草にいったんここで待つように言って、伊子一人中に滑りこむ。明かりを持つ千草が一緒に入っては、侵入を気付かれてしまう。

足を踏み入れた廂の間は、ほのかに明るい。母屋に灯された明かりが、御簾を透かして漏れて出ていたからだ。伊子はいったん引き返し、簀子で待つ千草に手燭を消して入ってくるように言った。

足音はもちろん、衣擦れの音もたてぬよう裾をからげながら奥に進む。御簾内の母屋の様子は大殿油の明かりにより、暗い廂側からはわりとはっきり見ることができる。一人ではなく、二、三人はいるように見えた。

（誰？）

無人の殿舎の母屋に入って火を灯すなど、不慣れな者には容易にはできない。そうなると中にいる者達はこの殿舎の勝手を知っている――つまり弘徽殿の者達である可能性が高い。しかし彼女達であれば、なぜここに来る必要があるのか。なにか話さなくてはならぬのなら梅壺で済ませればよいことなのに。

そこで伊子はふと思いつく。

先ほど垣間見えた女人は、東にある承香殿側の妻戸から入った。北側の梅壺から来たのなら、普通あの妻戸は使わない。

（どういうこと？）

つまり侵入者は、東側から来た可能性が高い。

弘徽殿の東に殿舎は多数あるが、この状況で真っ先に思い当たるのは麗景殿だ。

あの女人が麗景殿から来た者だとしたら――。

（それは、ひょっとして）

意を決した伊子は前に出ると、御簾の縁に手をかけた。中の者達が声をあげるのと、伊子が御簾を持ち上げたのはほぼ同時だった。千草に命じて御簾を上げさせるような呑気な状況ではとうていない。断りもなく御簾を上げるなどなかなかの暴挙だが、相手がしでかしたことを考えればそんな遠慮など無用である。

（こっちは明後日には五条に行かなきゃいけないのに、そんな悠長な真似はできるはずがないでしょ！）

卜占の結果、吉日は明後日とでた。

ただでさえ桐子とは相性が悪いのに、臨月で神経が尖っているところに見舞いに行くなど最悪このうえない。その憤懣を思えば、目の前にいる小娘の驚きなどおそるに足らずである。

案の定だった。

母屋にいたのは玖珠子だった。着ている今様色の細長は、先ほど妻戸の前で目にとめたものと同じものに見えた。

他にも見覚えのある弘徽殿の女房が二人いたが、麗景殿からは玖珠子一人だった。ひょっとしたら几帳の陰に誰かいるかもしれないが、女房の頭数などいまはどうでもよい。驚き顔で自分を見上げる玖珠子に、伊子はわざとらしい大袈裟なため息をついてみせた。

「やはり、あなたの仕業だったのですね」

「……やはり、ですか?」

少し意外そうではあったが、玖珠子に動じた気配はなかった。小癪な小娘がと腹は立つが、それは母親の紋子に感じたものとは質がちがう。

「ええ」

そう言って伊子は、視線をあわせるように腰を下ろした。それでも上背のある伊子のほうがずっと目の位置は高いのだが、相手を見下ろして語るよりは行儀が良い。

なにか言おうとする玖珠子を一旦目で制しておいてから、伊子は身をすくめる弘徽殿の女房達に視線を動かす。

「殿舎を汚したのは、あなた達ですね」

単刀直入な伊子の指摘に、二人の女房は苦い顔をする。まるで互いにけん制しあうように目配せを交わしあい、やがて少し年上の女房がゆっくりと首肯する。

「……仰せの通りでございます」

「弘徽殿を引き払いたかったのですね」

女房達はもはや観念しており、素直にうなずいた。

弘徽殿の者達が自ら殿舎を汚した目的は、二つ推察できた。

ひとつは紋子に対する復讐。

もうひとつは、自分達の体面を保ったままで弘徽殿を出ることだ。

しかしそのどちらであるかの決め手がなかったし、そもそも紋子の嫌みと、弘徽殿の者達が里帰りを言い出した間があわなかった。どちらが本当の理由だとしても、紋子の嫌みのあとに里帰りの希望とならなければ話があわない。

だが、そこに玖珠子が介入していたら――。

伊子は女房達から、玖珠子にと視線を戻した。

艶やかな黒髪。桃花に白絹をかぶせたような血色の良い肌。びっしりとつまった睫毛に囲まれた知的な光を放つ眸。すべてを的確な言葉として紡ぐ唇は心持ち大きめである。

母や姉が持つ嫋々とした美しさはない。だからこそ、この少女の筋の通った聡明さが鮮明になる。

「母君が殿舎を狙っていると、弘徽殿の方々に教えてさしあげたのですか?」

「はい」

はっきりと玖珠子は言った。

やはり、そうだ。玖珠子が母親の目論見を弘徽殿の者達に教えたのは、紋子が初参内した日だったのだ。あの日、玖珠子は母親と離れて弘徽殿に一人で遊びに行っていた。そのとき母親の目論見を打ち明けた。

対策を練った結果、急遽、里帰りが決まったのだ。

迎えに来た紋子は弘徽殿の者達に無礼を働いたが、一連の計画はその前にすでに決まっていたのである。

「兵部卿宮邸の椿の花で、殿舎を汚すことは誰が考えたのですか？」

「私と王女御様です」

玖珠子の答えに、伊子は意表をつかれる。この件は弘徽殿の女房達が中心になって企んだことで、茈子は蚊帳の外にあると思っていたのだ。しかしそうではなく、茈子は中心人物だった。ならば悲鳴を聞きつけて弘徽殿に飛び込んだ伊子が見た、あのおびえた姿は完全な演技だったということなのか。

（そういや、そういう娘だったわ……）

まったく、なにをいまさらである。昨年卯月に茈子が起こした登花殿の物の怪騒動を考えれば、それぐらいのことは驚くに値せぬではないか。その娘がこの玖珠子と組んだのだから、大人がいっぱい食わされるのも道理である。

忌々しく思いながら、伊子は皮肉っぽく言った。

「あなたが、そこまで王女御様に厚い友情を抱いているとは思いませんでした」

「私が王女御様を親しく思っていることは確かでございますが、今回の件はお姉さま、麗景殿女御様にもかかわってまいりますので、そちらのほうも理由としてございました」

さらりと答えた玖珠子は、まちがいなく母親の紋子より手強そうだった。

強引に茈子を追い出すような真似をすれば、たとえ弘徽殿を手に入れたところで主となった朱鷺子が悪く言われかねない。三十三歳の紋子が気付かなかったことを、十二歳の玖珠子はすでに危惧していたのだ。

「それに事情を知ったお姉さまも、さようなことをしては王女御様に申しわけがないとたいそう気に病んでおられました。ゆえに友人と姉のために一肌脱ぐことにしたのです」

玖珠子の説明に伊子は舌を巻いた。

敵ながら天晴だ。母親より世知に長けて、父親より人間味がある。子供なんて順当に育てばいつかは親を追い越すものだが、いくらなんでも早すぎるだろう。

顎をもたげ、屋根裏にむかうようにひとつ息をつく。

どのように始末をつけたらよいものか悩ましい。被害者だと思っていた者が加害者だったわけだが、では誰が被害者かといえば別に誰かいるわけではない。敢えて言うなら弘徽殿汚しの疑いをかけられた紋子だが、自業自得という感じのほうが強い。そもそも本人が疑われていることに気付いていない。

それに癪に障る顚末だが、今回の件のほとぼりが冷めれば、空いた弘徽殿は紋子の望み通り朱鷺子に下賜されるだろう。

（それで相殺よね）

釈然としないがしかたがない。

苦々しい顔をする伊子の心中を図ったかのように、玖珠子は口を開いた。

「さような事情でございます。尚侍の君様にはご迷惑とご心配をおかけいたし、まことに申し訳ございませぬ」

先ほどまでのふてぶてしさはどこにいったのかと思うほど、神妙なふるまいで玖珠子は頭を下げた。

まこと、この小娘は油断がならぬ。大人げないと思われようと、皮肉のひとつぐらいは言ってやらねば腹の虫が治まらぬ——そう伊子が思ったときだった。

「どうぞそのあたりで、ご寛恕を……」

衣擦れの音とともに、メジロのさえずりのような可憐な声が響いた。

几帳の向こうから現れたのは、朱鷺子だった。しかも彼女の後ろには茈子もいる。

伊子はあっけに取られて、二人の高貴な少女達を見上げた。朱鷺子は、月季花のごとく艶やかで清楚な顔を少し強張らせていた。茈子のほうはよく分からない。見ようによっては悪戯が見つかった程度の表情にも見える。

「女御様方、おいでだったのですか？」

「私が妹に頼んで、王女御様とお会いする場をもうけてもらったのです」

緊張しているのか内気なのかは分からないが、朱鷺子の声は時折かすれがちになる。こんなものすごい美少女なのだから、もっと威風堂々としていればよいのにと勝手なことを伊子は思った。

「王女御様に？」

怪訝な顔をする伊子に、玖珠子が言った。

「母の非礼を直接詫びたいと、お姉さまが希望なされたのです」

予想外の動機に、伊子は目を円くして朱鷺子を見る。

朱鷺子は気まずげに視線をそらしつつも、はっきりと首肯した。

どうして、あの両親の娘にしてはずいぶんと真っすぐな心掛けの持ち主ではないか。感心している伊子に、玖珠子が話をつづける。

「されど母に梅壺をお訪ねしたいとも言えず、もちろん王女御様に麗景殿にお越しいただくわけにもいかず、それで弘徽殿ならかえって人目につくまいと考えたのです。姉妹二人っきりで梅の花を見にいくと言って、出てまいりました」

そういえば、以前会ったときもそんなことを言っていた。あれもいまに考えてみれば、いざというときの言い訳を探すために御所を探索していたのかもしれない。だとしても女房の一人もつけずに女御を外に出すとは、あの紋子も意外と大らかな母親のようだ。あるいは玖珠子が事実上の女房のようになっているのかもしれないが。

若干の皮肉を込め、伊子は言った。

「御母君は、中の君をずいぶんと信頼しているようですね」

「妹は本当にしっかりとしているのです」

朱鷺子は、これまで聞いた中で一番大きな声をあげた。

「私はなんにでも緊張してしまう性質で、人と仲良くなるのにも時間がかかってしまいます。妹のように快活な者が間近にいてくれると本当に心強く思えるのです。ゆえにこちらで尚侍の君とお会いできたときは、ほっと致しました」

「え？」

「このような方が取り仕切ってくださるのなら、私、後宮でも安心して過ごせるような気がいたします」

花の顔を惜しむことなくさらし、伊子を見つめる朱鷺子の眸は昴星のようにきらきらしている。

予想外の展開に伊子はひるむ。

「尚侍の君の精彩を放つお姿を目にして、私は思いました。これならば主上が御寵愛するはずであると」

「……え!?」

それきり伊子は言葉を失う。

むべ、時めくにこそありけれ——なんとあの発言は、そういう意味だったのか。確かに妃という立場での寵愛はされていないが、臣下としては寵されているかもしれない。

困惑する伊子の前で、茈子が無邪気に言う。

「そうよ。尚侍の君はとても頼りになる御方ですから、なにかお困りのことがあればお姉さまもご相談なさるとよろしいですわ」

それはちょっと困る。私は帝の尚侍であって、後宮の妃達の関係に立ち入るつもりはない——という言い分は、彼女達への下賜品を選んでしまった以上は通用しないものだろうか。伊子は額を押さえた。それにこんな年若い姫達の願いを袖にするなど、年長者としてちょっとできそうにもない。

「それはまこと、心強く思いますわ」

素直に朱鷺子は言った。

「王女御様」

朱鷺子は茈子と目をあわせるように、膝を少し屈めた。小柄な朱鷺子ではあるが、さすがに四つも年下の茈子よりは上背があった。

「立場上、私は妹のようにお友達にはなれませぬが、正々堂々と戦いましょう」

どきっとする言葉ではあるが、正直で清々しい言い分だ。これほどの美少女なのに、驕り高ぶったところが少しもない。高潔にて無垢。まったくあの狡猾な両親と、このしたたかな妹とは大違いである。

それにしても九つの茈子に、朱鷺子の真意がどの程度伝わったのか——そこまで考えて伊子は思いなおす。

そのあたりの事情をすでに悟れるようになっていたから、茈子は今回の騒動に加担したのだ。それが分かっていたから、玖珠子も茈子に直接話したのであろう。昨年、伊子が出仕をはじめた頃に比べ、まちがいなく茈子は成長していたのだ。

伊子は茈子の反応をうかがった。茈子はいつもの無邪気な笑みのままうなずく。

「でも残念です。私、麗景殿様も大好きですのに」

言葉ほど残念でもなさそうに、茈子は言った。

茈子達を見送ってから、しばらく待った。一緒に出てしまっては、人に見られたときに説明がしにくい。それで時間差をおいて出ることにしたのだ。

「そろそろ大丈夫でしょう」

伊子が促すと、玖珠子と朱鷺子、そして一人の女房が立ち上がった。朱鷺子より少しばかり年長のこの少女は乳姉妹ということだった。伊子達が入ってきたときは几帳の陰にいたので、その姿を見ることがなかった。

先頭に乳姉妹の女房。その後ろに玖珠子と朱鷺子が横並びでつづく。

さらに間を置いてから、伊子と千草は弘徽殿を出た。妻戸（つまど）から渡殿（わたどの）に上がり先を見ると、玖珠子達はもう承香殿の手前のあたりまで進んでしまっていた。

「いや、参りましたね」

ぼやくとも面白がるともつかぬ口調で千草が言った。伊子も半ば呆（あき）れ顔で相槌（あいづち）を打つしかない。

「お二方とも、本当に油断がならない」

伊子が口にしたお二方は、玖珠子と茈子である。玖珠子のしたたかさは承知しているつもりだったが、まだ子供だと思っていた茈子が、いつのまにかあれほど世慣れしていたとは思わなかった。

「子供って、あっという間に大人になるのね」

そう独りごちた伊子に、千草は苦笑した。四人の子供を持つ千草には、伊子とはちがう思いがあるのかもしれない。

「されど麗景殿女御様は、見目麗（みめうるわ）しいだけではなくお人柄までよろしいという、まこと優れた姫君とお見受けいたしました」

「そうね。まだ物慣れない様子はあるけれど、とても好感が持てる姫君だったわ。さすが新大納言の掌中の珠と言われているだけはあるわ」

「この評判をお聞きになれば、五条の藤壺女御様は心穏やかではいられぬやもしれませぬね」

不安げに千草は言った。通常であれば、面白おかしく言うところだろう。しかし臨月の女人に対して、さすがにそんな気持ちは持てないらしい。

「あ、そうか」

そう言われて、伊子ははじめて気づいた。

明後日に桐子を訪ねた時、朱鷺子のことをあれこれ訊かれるかもしれないのだ。気位の高い桐子はともかく、彼女付きの女房達はまちがいなく探りを入れてくる。そのときどう答えるべきか、これは無難な答えを用意しておいたほうがよいかもしれない。

渡殿の軒端から見える星空を眺め、伊子は考えを巡らせる。

そのとき、手燭を持って半歩先を歩いていた千草が足を止めた。

「姫様」

緊張感のある声に、伊子は星々から視線を戻した。

「どうした——」

言い終わらないうちに、表情が強張る。

弘徽殿と麗景殿を結ぶ長い渡殿の中央付近。すなわち承香殿の前に、玖珠子が立っていた。あたかも伊子を出迎えるように、こちらを向いている。朱鷺子達の姿はもう見えなかった。

玖珠子は姉達を先に帰して、ここで伊子を待っていたのだ。
釣り灯籠の明かりに照らされた玖珠子の顔は、はっとするほど大人びて見える。
大人の女に相対するような緊張感が、伊子の内側にみなぎる。背筋をしゃんと伸ばし、もとから高い背がいっそう高く見えるように意識する。

「尚侍の君様」

先に声をかけてきたのは玖珠子だった。

「実は私、ひとつ申しあげていないことがございました」

そう言って玖珠子は、ぴょんと妙に子供じみた足取りで一歩前に進み出た。

「今回私が一肌脱いだのは、姉と友人のためだけではありません」

友人というのは茈子のことだろう。本来であれば朱鷺子も含めて、人前では女御と呼ぶことが妥当である。しかしそれをしなかったことに、玖珠子なりに緊張していることがうかがえた。

「姉が弘徽殿を奪うようなことになれば、王女御様をお世話している式部卿宮様はけして我が家を良くはお思いになりませぬ。そうなれば私との縁談をますます拒む結果になるでしょう」

伊子は眉間にしわを刻んだ。

つまり今回一肌脱いだのは、自分のためでもあったというわけだ。姉と友人への情合以上に、嵩那から疎まれることだけはなんとしても避けたいという思いが、玖珠子にはあったのだ。

新大納言が嵩那に対して縁談を持ち掛けたとは聞いていない。そんな噂もないから、まだ具体的には動いていないのだろう。

それでも、この少女は決めたのだ。

親よりも先に、自分の将来の伴侶を。自由な恋など儘ならぬ公卿の娘として、与えられた選択肢の中から、おのれの意志で相手を選びあげた。そして自分の決断に忠実に、率先して動きはじめている。

伊子はあらためて玖珠子の立ち姿を見た。

姉の朱鷺子のように、圧倒的な美貌の持ち主ではない。年齢のわりに背が高いから、この段階で世間一般で良しとされる小柄な女人には育たない。それでも、瞳の輝きに潑剌とした声とふるまい。なによりその聡明さが圧倒的に人を惹き付ける。

分かっている。

玖珠子がせめてあと十年早く生まれていれば、まちがいなく嵩那の心を奪っていた。

（あの人は、こういう女人が好きだもの）

かつての恋人である弁の君もそうだった。彼女は玖珠子に比べればずいぶんと常識的な範疇ではあったのだが。

しかし十年後に生まれてしまった、それ自体が玖珠子の運命だ。

くいっと顎をもたげると、伊子は毅然と正面をむいた。

「お話は、それだけかしら？」

「……」

「でしたら早くお戻りなさい。もう夜も更けてまいりましたよ」

澄ました口調で告げると、伊子は先にある麗景殿の方向を指さした。玖珠子の表情に小さな怒りの火が灯ったように見えた。

気付かぬふりをして、伊子は歩を進める。立ち尽くす玖珠子の手前で右手に折れ、承香殿に通じる渡殿に上がろうとした。

「どちらを、お選びになるの？」

後を追うようにかけられた玖珠子の言葉に、伊子は足を止めた。

誰が、なにをも明らかではない、ひどく曖昧な問いだ。他の者が耳にしても、意味が分からなかったであろう。

にもかかわらず、その言葉は伊子の胸に深々と突き刺さった。

伊子は半身をひるがえして、玖珠子を見た。澄ました表情を保とうと努めたつもりだったが、それは叶っていなかったのかもしれない。なにしろ自分の顔など見ることができないのだから、どんな表情をしているのかなど分からないのだ。

伊子と目をあわせると、玖珠子は張り詰めた声で言った。

「どちらも手に入れようだなんて、ずるいわ」

伊子はなにか言おうとした。しかし頭が真っ白になって、なにも思いつかない。それも道理だ。ここで的確な返しができるのであれば、仕事をつづけたいという自分の希望を嵩那に伝えることにあんなにも懊悩しない。

返す言葉もなく立ち尽くす伊子に、玖珠子は勝ち誇ったような顔はしていなかった。

それどころかひどく虚しいことを口にしたというように、ぷいっと顔を背けて逃げるように立ち去って行った。

第三話
この私がいるかぎり、
何者にも
手出しはさせませぬ

藤壺女御こと桐子の里帰り先は、五条にある彼女の母・敬子の実家だった。

右大臣が結婚後しばらく婿として通っていた場所で、桐子もその弟妹達もここで生まれたのだという。

敬子は母親を早くに亡くしており、衛門督だった父親も十年以上前に身罷っている。兄弟姉妹は妹が一人いたが父親より早くに亡くなっており、この邸は敬子の所有になってはいるものの長らく無人であったのだという。

「さようなわけで手入れが行き届かず、お見苦しい箇所もあるやもしれませぬ」

などと敬子は謙遜するが、見た限り邸内は隅々まで手入れが行き届いていた。

昼過ぎに到着した伊子を、敬子は自分の居住である東の対にと通した。彼女は母として桐子の宿替えに付き添っていたのだ。ちなみに他の子供達は右大臣邸に残しているという話である。

廂の間で対面した敬子の第一印象は、極めて感じの良い女人であった。年のころは四十前後というあたり。中肉中背で、娘・桐子の華やかな美貌と比べると見劣りする平凡な容色ではあったが、口調やかもしだす雰囲気が穏やかな気品に満ちている。黄唐紙（経糸黄・緯糸白の織目色）の小袿に柳色の表着という優し気な色合わせもよく似合っていて、癇癪持ちの右大臣や奔放な桐子からは想像がつかない善良そうな婦人だった。

苦手な者達の妻であり母でもある。そんな相手に最初は緊張していた伊子であるが、こここにきてようやく身構えを解くことができた。

「とんでもございません。とても良い御宅とお見受けいたしました」

穏やかに伊子は返した。

なんだか久しぶりに、警戒心を持たずに女人と対面した気がする。

宮仕えをはじめて以降、出会う女人のほとんどが一癖も二癖もある人物ばかりで、それだけならまだしも、中には玖珠子や紋子のようにとんでもないことを企んでいる者達もいるから油断ならない。

（それでも入道の女宮に比べれば、ずいぶんと可愛いものだけどね）

年末年始以降音沙汰のない天敵だが、だからこそ不穏なものを感じて警戒してしまう。

邸の調度や花卉を一通り褒めたあと、伊子は話題を本題に切り替えた。

「して、女御様の案配はいかがでございましょう？」

その問いに、敬子の表情が少し曇った。

嫌な予感を抱く伊子に、敬子はため息まじりに言った。

「あまり芳しくないようでございます」

実の母がこうまではっきり言うのだから、御所に届いた報せは大袈裟でもなんでもなかったようだ。

「女御はあのような気性でございますので、平気だと口にはしておりますが、夜もあまり眠れていないようでございます」

「それは、おいたわしい……」

「それでなくとも妊婦は腹を気遣って神経が尖りますし、中で御子が動くなどして眠りが浅くなることは多いのです。腹が膨らんだ状態では寝返りも容易に打てませぬ。ゆえにあたり前のことだから心配には及ばぬと当人は強がっておりますが、母としてはやはり気掛かりなものでございます」

敬子は気鬱な表情で娘に対する不安を述べた。話だけ聞いていると、どちらが経産婦か分からぬ発言である。言うまでもなく桐子は初産で、敬子は桐子も含めて四人の子の母だと聞いているが、それでもわが子のこととなれば心配するのが親心なのだろう。

敬子の説明を聞いて、遠慮がちに伊子は問う。

「しからば、女御様のご様子を拝することは叶いましょうか？」

それほど具合が優れぬようであれば、無理矢理会うことは気が咎める。ましてもともとが不仲の相手だ。本来であればたがいのために会うことなど望まぬが、帝の命を受けている以上はそうも言っていられない。

（でも、どうしても体調が悪ければ無理は言えない）

あくまでも優先すべきは桐子の体調。とうぜん帝もそう考えているだろう。そのときは敬子から聞いた話をするしかない。伊子は諦め半分にそんなことを思っていたのだが、存外なほどけろっと敬子は言った。

「ええ、大丈夫でございますよ」

「え!?」

「本人も心配には及ばぬと言っておりますので、私が気にしすぎなのかもしれませぬ」

拍子抜けする伊子の前で、敬子は衝立のむこうに声をかけた。するとほどなくして一人の女房が姿を見せた。

「女御の世話をさせるために、新しく召し抱えました江式部です」

敬子の紹介を受けて一礼したその女房は、年齢は三十歳前後といったあたり。瓜実顔と切れ長の目が知的な印象の女人だった。

御所で目にしていた桐子の女房は小綺麗でうら若き娘ばかりだったが、彼女らに比べるとずいぶんと落ちついて見える。半色（薄い紫）の唐衣に浅藍色の表着という組み合わせは、この時季には少し寒々として見えるがすっきりと着こなしており、この女人にはよく似合っていた。

敬子は江式部が顔をあげたのを見て、あらためて彼女に言った。

「尚侍様を、寝殿の女御のところにご案内しておくれ」

「かしこまりました。では、こちらにどうぞ」

そう言って江式部が立ち上がったので、伊子と付き添いの千草も腰を浮かした。

江式部に連れられて、伊子達は簀子から渡殿を進んで寝殿に上がった。妻戸から建物の中に入ると、几帳や衝立の陰に見覚えのある女房達の姿が見える。母屋や別の廂にも何人かいると思うが、ここからでは分からない。

御所にいるときに訪ねた藤壺にはきつく香の薫りが立ちこめていたが、懐妊中で具合の悪い桐子を気遣ってなのか、いまはあまり薫りはしない。

廂の中央あたりに整えた座を示し、江式部は言った。

「こちらでお待ちください。女御様のご様子をうかがってまいります」

「申し」

すでに歩を進ませていた江式部を伊子は呼び止めた。江式部は身体を反転させ、きょとんとして伊子を見た。

「なにか？」

「もしも女御様のご気分があまりに優れぬようでしたら、無理にお会いすることは望みませぬ」

「ああ…」

江式部は合点がいったというように相槌をうった。そして少し表情を和らげ「その旨もきちんと確認してまいります」と言って、御簾内に入って行った。

こちらの意図を変に歪めることなく察してくれた江式部に、伊子は安心した。

傍らで控えていた千草が、耳打ちをする。

「落ちついていて、よさそうな人ですね」

「そうね。北の方も信頼しているようだったわね」

程なくして、几帳の陰から二人の若い女房が姿を見せた。名は知らぬが見覚えはあるので、御所にもいた者達であろう。その程度の相手なので、こちらから話しかけるつもりはなかった。

「尚侍の君様、ご無沙汰いたしております」

遠慮がちにむこうから挨拶をされ、そうなると無視もできずに伊子は挨拶を返す。

「久しぶりですね。健やかにすごしておりましたか？」

「私達は変わりありませぬが、女御様が……」

「存じております。ゆえに本日は帝の命を受け、こちらにおうかがいしたのです」

もともと仲が良いわけでもないので、伊子の物言いはあくまでも素っ気ない。若い女房達は顔を見合わせ、なにか言えとでもいうようにたがいに牽制しあっている。やがて少し年長の、莟紅梅の表着を着た女房が一歩前に進み出た。

「あの、お尋ねしたいことがございます」

「私にですか。なんでしょう？」

「新しい女御様のことを、お聞かせくださいませんか」

ずいぶんと率直だが、それしかなかろうとは思っていた。そうでもなければ、もともと関係のよくない伊子に頭を下げる理由が彼女達にはない。

「姫様……」

千草が小声でささやいた。何事か視線をむけると、千草はちらちらと四方を見回している。どうやら御簾の奥、几帳や衝立の陰などにひそむ複数の女房達が、聞き耳をたてているようだった。

心の内ではうんざりしながらも、さらりと伊子は言った。

「麗景殿女御様ですか？　ええ、とてもお美しい方です」

女房達の顔がはっきりと強張った。もちろん動揺させる言葉だと分かってはいるが、嘘はつけない。なにをどう差し引いたところで、朱鷺子は圧倒的な美少女だった。しかもどうやら性格も良さそうだと、それは訊かれないかぎり敢えて言わないでおくのが、せめてもの気遣いというものである。

容姿の点だけを言えば、桐子は朱鷺子とも十分張りあえる。しかし性格まで加わるとちょっと厳しい。なにしろ桐子は世間体より自分の意思を貫くことを優先する、とんでもなく型破りな姫なのだから。

それにしても、なぜあの北の方と右大臣の間にそのような姫が育ったものか、単純に疑問に思う。先ほどが初見の北の方はしごく常識的な人だったし、絵に描いたような俗物の右大臣も別に非常識な人間ではない。

もっともそれを言うのなら、新大納言の大姫・朱鷺子とて同じである。玖珠子のしたたかさはまだ多少親の影響もうかがえるが、朱鷺子の清廉さはいったい誰の影響なのか、考えてみると姉妹も親子も本当に不思議なものである。

「さ、さように美しいと……」

声を震わせたのは、莟紅梅の女房ではない。かといってもう一人の女房でもなく、いつのまにか出てきたまったく別の女房だった。そのうえまるで堰を切ったように、ひそんでいた女房達がわらわらと伊子の周りに集まってきた。

「されど、まだ随分と幼いとお聞きいたしましたが？」

「御衣はどのようなものを、お召しになられておられましたか？」

「御付きの者は何人連れていたのですか？」

「女房は？　下仕に雑仕は幾人ほど？　端女は――」

矢継ぎ早に問われて、答える隙もない。そもそも下仕までは分かるが、それ以下の人員を知ってどうするのだ。下仕は女御にも奉仕する立場だが、雑仕は基本は下仕の命を受けて動く立場なので、女御はもちろん女房達ともほとんど接点はない。

いずれにしろそんな細々したことまでは知らぬし、知っていたとしても教えるつもりはない。はて、どうやって退けようかと伊子は考えを巡らせた。

「尚侍様」

落ちついた声で呼ばれ、見ると御簾の間から江式部が上半身をのぞかせていた。

「女御様はよくお休みになられておられます。少し前からだということですから、半刻もすればお目覚めになると思います。まことに申し訳ございませんが、いましばらくお待ちいただけないでしょうか」

「……さようでございますか。ならば待たせていただきましょう」

それしかしようはないが、内心ではうんざりとしていた。

この刻限に休んでいるというのは、夜があまり眠れないでいることも影響しているのだろう。ならば起こすのは気の毒で休ませてやるべきだと思うが、さりとてこの場で藤壺の女房達に囲まれて待たされるのはきつい。

「あの」

江式部が切りだした。

「さしでがましい話でございますが、宜しければ私の局にお越しになりませぬか？」

思いがけない提案に伊子は目をぱちくりさせる。

江式部はあくまでも遠慮がちに言う。

「実は私、些少ではございますが人様より多くの書物を所有しております。お待ちいただく間、そちらに目を通してお過ごしいただけたら少しは退屈しのぎになるかと――」

「お願いするわ」

江式部が言い終わらないうちに、伊子は腰を浮かしていた。

質問を打ち切られる形になった藤壺の女房達は不服気な顔をしたが、江式部に文句を言う者はいなかった。新参者でありながら、彼女がここで確固たる地位を得ていることがうかがえる展開だった。

初対面の江式部がこんな申し出をした理由は、伊子が藤壺の女房達に辟易していることに気付いたからだろう。

（聡い女人だわ）

桐子が御所にいたとき、見栄えのよい若い娘ばかりで占められていた藤壺の女房達は、その挑発的なふるまいでなにかと諍いを引き起こしていた。比較的辛抱強い弘徽殿の女房達相手でもそうだったのだから、あらたに入ってきた麗景殿とはどうなるか想像するだけで恐ろしい。しかもあくまでも印象だが、若く美しい麗景殿の女房達は、どうも藤壺の女房達と同じ匂いがしていた。

だがこの江式部のように落ちついた女房が取り仕切ってくれるのなら、藤壺も少しは穏やかになるのではと期待できる。

感心する伊子の横で、千草が胸をなでおろしている。こちらはある意味ほっとした。あのまま女房達の質問がつづけば、短気な千草と喧嘩になりかねなかった。それこそ麗景殿の女御様は、おたくの女御様とちがって温和な嫋々たる美少女だと口にしかねない。そんなことになったら、つかみあいの喧嘩になるやもしれない。

（よかった、よかった）

礼をするように目配せをした伊子に、どう思ったのか江式部は含んだような笑みを返した。

江式部の局は、寝殿と東の対を結ぶ渡殿の一番西寄りにあった。寝殿と対の屋を結ぶ渡殿は南北に二か所あり、北側は通常、並列に仕切られた二棟廊になっている。建具に囲まれた奥側は、女房達の局として使用される。

「むさくるしい場所でございますが……」

江式部は衝立の前に置いた一抱え程の大きさの書櫃を抱えてきた。中身が書物だからけっこう重いはずなのに軽々と抱えている。

伊子と千草に円座を勧めた江式部は、自分は板敷に直に座って書櫃を開けた。中にはぎっしり書物が詰まっていた。時流もあり冊子が中心だったが、少なくはない数の巻子本も入っていた。

「趣味にあうものがございますれば、宜しいのですが」

「こちらは経典かしら？」

黄蘗色の巻物を取り上げて、伊子は訊いた。伊子に見繕うための冊子を取り出していた江式部は少し意外そうな顔をした。

「いえ、それは漢詩文集です。もともとは父の品なのですが、形見分けとして譲り受けました」

形見と聞いて、伊子はあわてて元に戻した。こうして出されたからには気軽に手にしてよいものだと思っていたが、まさかそんな大切なものが含まれているなどと考えてもみなかった。ざらりとした手触りは古い紙のようだったから、うかつに広げたりしては破損しかねない。

（危ない、危ない……）

江式部のほうに、あまり気にした様子がなかったのは幸いだった。

気を取り直して伊子は口を開く。

「お父上の漢詩文集？　ああ、そういえばあなたは大江家の方なのね」

江の名を呼び名に冠している者は、大江家縁の者がほとんどである。もちろん姓から取ったものだ。大江家は菅原家と並ぶ文章道の名門で、漢詩文に長けているのはとうぜんと言えよう。

「はい。父は江相公と呼ばれておりました。その長女でございます」

相公とは参議の唐名である。学者一族の出としては、かなりの出世株と言ってよい。なるほど、いかにも学者の娘といったふうの知的な女人だった。菅原家出身の菅命婦こと菅原衍子も似た印象だったから、まさしく環境が人を作るというやつだろう。

江式部は書櫃の底のほうから、二、三冊の冊子を取り出した。

「こちらなど短編ばかりで、短い間に読むにはよろしいものかと存じます」

確かに、せいぜい半刻程度の待ち時間に『源氏物語』など出されても困る。まことに気が利く女人である。

「江式部。あなたはいつから、こちらにお仕えなされているの？」

伊子の問いに江式部は、右手の指を順に折って数える仕草をした。

「半年以上にはなりましょうか？　女御様が御所を御下がりになられて、まもなくでございましたから」

桐子が里帰りをしたのは、懐妊が判明してすぐの昨年の水無月中旬である。翌月の文月だとしても、それなりに経過している。

「ならば、もう長くお勤めなのね。いずれ女御様がお戻りになられるとき、あなたのような方が共に参じてくれるのなら藤壺も安心できそうね」

悪戯っぽく伊子が言うと、江式部は一瞬きょとんとなったものの、すぐにすべてを察したとでもいうようにぷっと噴き出した。御所内で起きたことは知らずとも、若い同僚達の軽々しさは彼女も理解しているようだった。

「実は北の方も、同じことを仰せになりました」

「あら!?」

伊子は口許を押さえ、笑いが漏れるのを堪えた。江式部も同じように笑いを堪えるようにしてつづける。

「女御様は情の強い御方ですから、北の方も少々手を焼いておられるようです。この間など、かように機嫌が悪くなるのであれば懐妊も考えものだとお嘆きに…いえ、もちろんおめでたきことと承知したうえでのお言葉でございます」

伊子は先ほど話したばかりの敬子の顔を思いだした。

娘に対する心配と苛立ちの感情を、若干扱い兼ねているようにも感じた。確かにあの常識的な北の方にとって、桐子は扱いにくい娘ではあろう。

「されど女御様も御気の毒でございます。ご懐妊中の苦痛だけではなく、男か女かでもお気を煩わせなければなりませぬでしょうから」

自然と伊子の顔は渋くなる。

特に帝の妃の場合、命がけで子を産んだところで、それが女児であれば周りはあきらかに消沈する。ひどい場合、産褥の床で批難されることすらある。たとえ周りが気遣ってなにも言わなかったとしても、母親自身の失望はどうしようもないことだった。

女児であっても、なんら問題ない。伊子にとって紛うことない本音である。公然と口にしたいが、自分の立場でそれを言ってもどうにもならない。かえって政敵の不幸を喜んでいるとしか受け取られない。

帝の妃にとって、女児が産まれることはそれだけで不幸なのだ。

氷柱のように冷ややかで鋭い、入道の女宮のたたずまいを思いだす。

無事に生まれるかどうか。首尾よく男児が生まれてくれるものかどうか——戯言のようにぽろっと口にした言葉であろうが、懐妊も考えものだという北の方の言い分も分かる気がした。

「江式部さん、宜しいですか？」

衝立のむこうで幼い声がした。見ると花山吹かさねの細長を着た女童が半身をのぞかせていた。七、八歳というところで、まだ人形遊びに興じていそうな年頃だ。

「どうしたの？」

「女御様がお目覚めになられましたので、お伝えするようにと」

江式部と女童のやり取りに、伊子と千草は目を見合わせた。存外に早く目が覚めたものである。

「ならば、おうかがいしましょうか」

伊子が言うと、江式部は首肯して立ち上がった。

渡殿に出ると、思った以上に日は落ちていた。

あまり待たされたようには感じていなかったが、江式部の話ぶりが心地よくて時が過ぎるのを感じなかったのかもしれない。

（これは女御に話を聞いたら、急いで戻らないと）

物騒な夜の大路を行くことは避けたかった。日があるうちに戻れると思っていたので、車副は少数しか連れてきていない。

江式部について寝殿に入り、彼女が持ち上げた壁代の下をくぐって母屋に入る。

出産を控えた母屋の調度は白で統一されている。四方を囲む壁代はもちろん、几帳や御帳台の帳も白である。出産を間近に控えた産室の設えである。

御帳台の傍には、袴まで含めてすべて白の唐衣裳を着た若い女房が控えていた。見覚えのある顔は、確か桐子の乳姉妹であったはずだ。彼女は伊子の顔を見るなり躊躇いなく言った。

「どうぞ、お入りください。女御様がお待ちでございます」

ここまできたら遠慮してもしかたがない。桐子の負担にならないよう気遣いながら、彼女の容態を把握して帝に伝えなければ——伊子は御帳台の前に膝をつき、純白の帳をかきわけた。

「女御様、尚侍でございます」

膝をついて前に進むと、正面には白い脇息に凭れた桐子がいた。御座所の厚畳も茵も縁まで白い。もちろん桐子がつけた袿も袴も白一色である。

「ご苦労様です」

久しぶりに耳にした桐子の声は、あいかわらず権高で刺々しい。具合が悪いと聞いていたから、少しはしおらしくなっているかと思いきやである。採光の案配もあるが、顔色はあまりよくないようだ。腹が出ているぶん、かえって手足の細さや面やつれが目立つ。要するにはっきりとやつれていた。にもかかわらず先刻の口ぶりである。

（本当に、変わらないわね）

呆れ半分、感心半分で伊子は尋ねた。

「ご気分が優れぬとお聞きいたしておりますが、いかがでございますか？」

「みな、心配し過ぎなのです」

つんとして桐子は答えたが、このやつれ具合を見ると鵜呑みにもできない。普通、苦痛を抱えた人間のわがままは「なぜ、こんなに苦しいのか」の方向にむくものだが、どうもこの姫君はちがっている。

しかし昨年の水無月に体調を崩したときは素直に気分が悪いと訴えていたから、周りに遠慮してということもないだろう。ならば見た目ほどに本人が苦痛を感じていないということなのだろうか？

宥めるように伊子は言った。

「それは致し方ございませぬでしょう。母御前はもちろん、女房達は女御様のことを慕っているようですからね。御匣殿……あ、六条局などは私がここにおうかがいすることを知ると、なぜ自分に承らせてくれないのかとたいそう悔しがっておりました」

「六条が？」

桐子の表情が和んだ。友情とも主従ともつかぬ二人の関係は、どうやら祇子の一方通行の思いというわけではないようだ。

「六条は元気にしているのですね。それならばよいけど……」

桐子は独り言ちた。しかし言葉はそれきりだった。朱鷺子はおろか帝の話題すら口にしない。どう考えてもわざとらしい。たまりかねて伊子のほうから切り出す。

「主上もご心配なされておられますよ」

桐子はたちまち表情を硬くした。逆鱗に触れたのかと危ぶむ反応に、伊子は身構える。

しかし桐子は派手に荒ぶることなく、気を落ちつけるようにしばし沈黙を保つ。やがて肩を落として大きく息をつくと、きっとして伊子を睨みつけた。

「偽りなど言わずとも、宜しゅうございます」

「は？」

伊子は短く声をあげ、訝し気な眼差しを桐子にむけた。

「これは、なんと異な事を仰せでございますか」

「だって主上は、それどころではないのではありませぬか」

いらだった物言いに、最初は朱鷺子のことを皮肉っているのかと思った。

ただでさえ夫が新しい女を迎えることは妻の神経を逆立てる事態なのに、まして懐妊中で苦しんでいるのならなおさらである。しかもその見舞いに帝の意中とされる伊子を寄越しているのだから、なかなか無神経な話である。

しかし複数の妃を持つことは帝の立場上やむを得ないし、そもそも帝は桐子を尊重して敢えて伊子を派遣したのだから、ここもうまくかみ合わないものである。

なんとも返しようがなく黙りこむ伊子に、桐子はいっそういらだちを露わにする。

「実家にいるからといって、よもや私がなにも存ぜぬとお思いですか？」

「はい？」

一瞬なんのことかと思ったあと、次いでそれまでまったく考えもしなかった別の思考が働きだした。

ちがう。朱鷺子のことでも、もちろん伊子と嵩那のことでもない。それどころではない帝に起きた重大事とは――。

（え、まさか？）

ごくりと息を呑む伊子を、桐子はきっと睨みつけた。

「追儺に起きた騒動、すでに聞き及んでおりまする」

昨年の大晦日。

慣例の追儺の儀式を利用して、今上に対して皇統の不正を糾弾する声が上がった。物の怪による怪異ということであやふやにされてしまっているが、実は伊子と嵩那しか知らぬ真相があった。それは先帝を嫌悪する入道の女宮と、先帝のかつての忠臣・治然律師がそれぞれの利害関係のもとに手を結び、嵩那を次の東宮にしようと目論んだ結果起きたというものだった。

その真相を、桐子が知っている？

一瞬よぎった考えを、伊子はあわてて否定した。そんなことはあり得ない。真相は帝と顕充でさえ知らないのだ。右大臣はもちろん、祇子とて知るはずがない。ならば桐子が知っている内容は、皆が知っている範囲のことにすぎないはずだ。

「ああ、あの件ですね」

さらりと伊子が応じると、桐子は少しむっとしたように言った。

「式部卿宮様を、東宮にというお話が出ているそうですね」

伊子は、自分でも苦りきった顔になっているのが分かった。

いったい誰がそこまで言ったのか。父親の右大臣か、どこからか話を聞きつけた女房の誰かか？　東宮問題は今上の子を身籠っている桐子には大いに関係がある話だが、心身ともに大切にしなければならぬこの時期に、なぜ伝える。

腹立たしさを抑えるため、伊子はひとつ息をついた。

「ええ。騒動が起きた直後は確かにございました。なれど物の怪が、そうするように要求したわけではございません。宮様もまことに迷惑な話だと仰せでございました」

「けれど私も、先々帝の物の怪を見たのです」

伊子は瞠目した。

とっさに理解ができず、その意味を解したあとは信じることができない。

そんな馬鹿なことがあるはずがない。なぜなら追儺のときに現れたものは、先々帝の亡霊などではなく治然の芝居だったのだから。

伊子は頭をひとつ振った。

「なにを根拠に、そのような現とも思えぬことを？」

「現よ！」

頭から否定されたことでかちんときたとみえ、桐子は声を荒げた。しまった、と思ったが後の祭りである。帳越しに、千草と江式部がざわつく気配がする。

伊子は臍を噛んだ。臨月の妊婦を興奮させるなど、なんと迂闊なことを。

「申し訳ございません、私の失言でした」

潔く伊子は頭を下げた。ただでさえ血がのぼりやすい桐子が簡単に治まってくれるとは思わなかったが、もはやこうするしか考えつかない。

桐子はしばらくの間、むすっとしてそっぽをむいていた。ただし癇癪を起こす気配はなく、どうやら怒りを鎮めようと努力しているようだった。一寸前に帝が心配をしていることを告げたときもそうだったが、桐子は気性が激しいだけで、話が通じないほどの癇癪持ちではない。

ほどなくして桐子は伊子に視線を戻した。先ほどまで瞳の奥にあった、燃えるような怒りは自制によりずいぶんと静まっていた。

桐子はひとつ息をついた。

「昨夜、黄櫨染の御衣を召した御方を見ました。いえ、実はもう何度も見ているのです」

伊子の表情がたちまち険しくなった。

黄櫨染の御衣とは、帝の晴れの装束である。しかも麴塵や白のように、場合によっては臣下にも許されるようなものとはちがう、絶対禁色だ。櫨と蘇芳を使って染めた色は、赤みがかった黄とも黄みがかった茶とも表される。

　事の次第を説明する桐子の表情は、次第に強張っていった。

「その色の御衣をまとった者が、夜になるとたびたび現れて私を揺り起こすのです。そして自分の名は慶那だと名乗るのです」

　それは追儺の騒動で伊子もはじめて知った、先々帝の諱である。

「いつからですか？」

　強い口調で伊子は訊いた。

「今年に入ってからです。つまり追儺で先々帝の亡霊が降りたあとです」

　だからそれは先々帝の霊などではない。そう声を大にして言えないのが、あまりにも歯痒い。

「追儺での先々帝の霊は、先帝に皇統を奪われたことに憤怒していたと聞きました。ゆえに先帝に連なる御子を身籠る私に、怒りの矛先が向いたところでなにも不思議はありませぬ」

　悲痛な声で語る桐子を、そんな馬鹿なことはないと怒鳴りつけてやりたかった。

　夢や幻でもなく、桐子が本当に黄櫨染の御衣を着た者を見ていたとしたら、真相は火を見るよりあきらかだ。

　女宮に決まっている。

女宮からすれば、桐子は憎い異母弟の皇統をつなぐ存在。とうぜん憎む対象にはなる。しかし、だからといって臨月に入った妊婦にいまさらなにができるというのだ。

その瞬間、素足で雪を踏んだかのように身体が冷えた。

（まさか……）

おのれの考えに、伊子は戦慄した。

それは女宮が、生まれてくる皇子を害する可能性だった。

御子が皇子であった場合、間違いなく女宮の野望の妨げとなる。まさかそこまではすまいと信じたいが、彼女の執念は底が見えない。

いや、待て。伊子は頭を緩く振った。

それならば懐妊中の桐子を狙う必要はない。女児という可能性もあるのだから、生まれてから狙いを定めればよいことだ。

気持ちを落ちつかせてから、あらためて伊子は諭す。

「たとえそれが物の怪であったとしても、先々帝…父帝はそのような御方ではないと、式部卿宮様も仰せでございました」

「それは宮様のお立場からすれば、そう言わざるをえないでしょう」

桐子の反論はもっともなものだった。

帝位に対する嵩那の本心を、伊子は承知している。

しかし客観的に見れば、嵩那が今上やその皇子に反発を持ったとしてもなんの不思議もない。むしろ正当な感情である。嵩那はそんな人間ではないなどと訴えても、彼をよく知らぬ桐子にはなんの説得力もない。

（ああもう、いっそのこと！）

伊子は苛立った。これまでの女宮の策略の数々を暴露できれば良いのに。

しかしそれを明らかにすれば、嵩那の立場はもちろん、それと同じくらいに今上の立場も危うくなる。追儺の騒動をきっかけに、朝臣達の間に現状の皇統に不満を持つ者が相当数存在することが判明した。そこに女宮の目論見を明らかにすれば、彼女に賛同する者が声をあげかねない。

そもそも嵩那とて、そんなことは望んでいない。

親王という帝位に空白を生じさせぬ駒として育った彼は、世を保つ為に意に添わぬ立場を受け入れる覚悟はあるだろう。だがそれは、けして彼自身が望んでいることではないのだ。

それらの複雑な事情をどう説明したものか考えあぐねる伊子の前で、やにわに桐子が頭を抱えこんだ。

「私、取り殺されるかもしれない」

あまりにも不穏すぎる叫びに、伊子はぎょっとして息を止める。

出産で命を落とす女人は少なくない。それは時には物の怪の仕業とされる。だからこそお産には、調伏の僧侶に憑坐、陰陽師等が呼ばれるのである。

伊子は横面を叩かれた気がした。

そうだ。妊婦にとって死は隣りあわせ。日頃は気丈な桐子が、物の怪に取り殺されることをおびえるほどに、お産は恐怖の対象でもあるのだ。通常であれば物の怪など恐れもしない気丈な桐子をここまで気弱にするほど、お産とは怖いものなのだ。

桐子が見たという物の怪が、女宮の仕業であることに疑いはない。

目的は釈然としない。だが、分かる。こんなことをするのは女宮しかいない。これまで何度も相見えてきた伊子には断言できる。

怒りが腹の底でふつふつと、まるで盟神深湯（神意を問うために熱湯の中に手を入れさせる上代の慣習）の湯のようにたぎっている。

——許せない。

ただでさえ死の恐怖におびえている妊婦に、こんな仕打ちをするなどけして許さない。

「ならば私が、物の怪を退治してみせましょう」

御帳台の中はもちろん、帳のむこうも静まり返っている。

桐子は先ほどまでの悲痛な表情などどこにやらで、珍妙なものに対するような眼差しで伊子を見ている。

「は、い？」

「さすれば女御様が、これ以上物思いに煩わされることもありますまい」

「ちょ、験者（物の怪を退治する行者）でもないのになにをおっしゃっているの⁉」

「この物の怪にかぎって申せば、さようなものは必要ございません」

桐子は耳を疑うような顔をしているが、かまわず伊子は話をつづける。

「ちなみに、その者の顔は御覧になりましたか？」

桐子は力なく首を横に振った。

「扇をかざしておりましたゆえ。それに夜更けだから明かりは……帳越しのものしかなかった上にもともとが乏しいので、よくは見えませんでした」

ならばますます怪しい。黄櫨染という色も、その状況ならば似た色の装束をつければ誤魔化せる。なにより犯人が慶那と名乗ったことで、桐子が帝の禁色だと思いこんでしまった可能性が高い。

（犯人は現世にいる）

確信しながらも、一応伊子は付け加えた。

「もちろん加持祈禱に祓除はこれまで通り、じゃんじゃんつづけてください。他の物の怪にかんしては私の手に負えませんので。主上もご両親も、女御様のために優秀な験者を国中から集めておられます。ゆえに女御様も他の物の怪になど取り憑かれぬよう、お心を強くしてお過ごしください」

息もつかずに語り終えると、あぜんとする桐子にかまわず御帳台の外に出る。案の定、出入口の帳の前では千草と江式部、そして白装束をつけた乳姉妹(ちきょうだい)の女房が目を円くしていた。

「聞いていましたね」

三人の女房達の顔を、一人ずつねめつけながら伊子は言った。

盗み聞きを責められたとでも思ったのだろう。千草以外の二人が身を竦(すく)ませる。もちろん千草は臆することなどない。

「そりゃあ聞こえますよ、あれだけ大きな声でわめきあっておられたのなら」

遠慮(えんりょ)のない千草の発言に、江式部と白装束の女房が青ざめる。桐子の乳姉妹である女房がこの反応だから、客観的に見ても千草の態度は主人に対してあけすけすぎるのだろう。

（だから、好きなのよ）

などと心の中でほくそ笑みつつ、体裁(ていさい)上は厳しい表情を崩さずに言う。

「ならば話は早いですね。北(きた)の方(かた)にお話しに行きます。この邸(やしき)に住む者達の持ち物をすべて調べて、黄櫨染に似た色の袍(ほう)がないか探すように提案しましょう」

桐子が物の怪に悩まされていたと聞かされた敬子は、心底驚いていた。

「ずっとおびえていたとは、なんと哀れな……いったいなぜ、母に黙っていたのでしょう？」

物の怪の存在もだが、桐子が自分に黙っていたことにも衝撃を受けているようだ。母親には平気だと突っぱねておいて、赤の他人である伊子には話したのだから複雑な気持ちにはなるかもしれない。

「それはおそらく、私が御所の者だからだと思います」

弁解でもするように伊子は言った。

「帝の亡霊を見たなどと、みだりには口にできぬ畏れ多きこと。女御様もこれまで耐えてこられたのでしょう。あるいは気のせいだと、ご自身に言い聞かせていたのかもしれません。なれど追儺の騒動を直に目にした私が参じたことで、耐えておられたお気持ちが弾けてしまったものと存じます」

そもそも伊子に対してだって、最初のうちは母親に対する態度と同じように突っ張っていた。だから桐子はそのつもりだったのだろう。しかし帝が心配しているという一言をきっかけに爆発した。冷静に考えればそこも大いに問題なのだが、それはもう二人でたがいに努力してもらうしかない。

「さようなものでございましょうか？」

釈然としないのか、敬子はしきりに首を捻っている。表情にはうっすらと不満の色がにじんでいた。

やがて敬子は、大きくため息をついた。

「なにゆえあの姫だけ、あのように情の強い娘に育ってしまったのでしょう。妹達は穏やかな気性ですのに」

そうだったのかと、伊子は素直に驚いた。新大納言の家もそうだったから、まことに親子、兄弟姉妹とは分からぬものである。

敬子はなおも愚痴を零しつづける。

「親が申すのもなんでございますが、誰に似たのかあれほど美しく生まれついたのですから、せめてもう少し穏やかな性質であれば主上からの寵愛もきっと厚くなりましたでしょうに……」

当たり前だが、桐子と帝の仲がいまひとつぎこちないことは母親として察しているようだった。

（それにしても……）

伊子は訝しんだ。これではまるで、もはや夫婦仲がもう改善しないかのような物言いである。桐子は入内をしてようやく三年目のはず。しかもまだ十九歳と十七歳という若い夫婦だというのに、ちと諦めるのが早すぎないか？

たまりかねたとでもいうように、江式部が口を挟んだ。

「北の方様、さように悲観なされずとも。なんと申しましても女御様は御子を身籠られておいでなのでございますよ。しかも帝にとってははじめてのわが子でございますから、それをきっかけに夫婦の関係が深まることもございましょう」

励ますとも慰めるともつかぬ江式部の言葉に、敬子は「さようなこと」とぼそりとつぶやいた。

「……無事に生まれるかどうかも分からぬのに」

聞き違えたのかと思い、伊子は目を見張る。しかし敬子は悪びれた様子もなく、忌々し気に顔をしかめている。

伊子は混乱した。もちろん敬子の言い分は正しい。赤子が無事に生まれるか、桐子が無事に産むことができるか、絶対に大丈夫だと言えるほどお産は楽観的なものではない。だから母が娘のお産を気に病むことはとうぜんだ。

だが、いまの言いようは少し違う気がした。

まるでお産が忌々しいものであるかのような物言いは、母の娘に対する言葉として違和感がありすぎた。

（どういう意味？）

戸惑う伊子の前で、敬子は初対面のときと同じ人好きのする穏やかな表情で言った。

「では、尚侍様がお調べくださるのですね」

口調はがらりと変わっていた。

動揺からとっさには反応できず、伊子が返事をしたのは一拍置いたあとだった。

「え、ええ。黄櫨染は見る側の状況によって、微妙に色を変える繊細な染色。しかもそうたびたびお召しになる袍ではございません。女御様も頻繁に御覧になられたことはないはず。しかも暗い中ですから、似た色の衣を見間違えた可能性もあります。ですからこの邸の方々の衣を調べさせていただきたいのです」

侵入者という可能性はもちろんある。しかし桐子は、黄櫨染の衣を着た人物をもう何度か目にしたと言っていた。ならば内部の者の犯行である可能性が高い。端女相手ならいざしらず、桐子のような高貴な女人の目に触れる場所に外部の者は容易に侵入できない。

てきぱきと理由を説明する伊子を、敬子は敬うような眼差しをむける。そこには紋子のような、夫を持たぬ同世代の女に対する侮蔑はない。もちろん先程、娘のお産に対して吐いた毒など微塵もうかがえなかった。しかも邸を調べるという無礼とも取れる伊子の要求をあっさりと承諾し、江式部に案内役まで申しつけた。

良識のある婦人という印象は最後まで変わらず、だからこそあの一瞬はなんだったのかという気味の悪い違和感が残っている。

「尚侍様、ご案内いたしますわ」

そう言って江式部が誘いかけるまで、伊子はもやもやとしてその場に座していた。

敬子の前を辞して、まずは女房達の曹司にむかうべく歩を進めていると、おもむろに江式部は口を開く。

「北の方様は、実の妹君をお産で亡くされているので、ことのほか神経を尖らせておいでなのかと思います」

まるでこちらの心を読んだかのような言葉に、伊子は目を円くする。

後ろからついてきていた千草が言った。

「ご自身は、四人もの御子を無事に産んでおられるのに？」

ちなみに千草も四人の子供を無事に産んでいる。そういう女人も星の数ほどいるし、初産で命を失う妊婦もいる。二人は無事に産んだが、三人目で落命した者もいる。こればかりは誰もなにも断言できない。

それはそれとして、江式部の機転の利かせぶりに伊子はほとほと感心した。

桐子に仕えはじめたのは彼女の里帰り以降だというから、それまでこんな優れた女人がどこに埋もれていたものかと思い、ついつい伊子は問うてみた。

「江式部。あなたはどういった経緯でこちらのお邸に参られたの？」

「私ですか？　東山にお住まいの、入道の女宮様のご紹介です」

朗らかに告げられた名に、伊子は凍りついた。

平常だった鼓動が、にわかに早打ちをはじめる。視界の端に、不安げな顔をする千草の姿が見えた。

伊子の衝撃は、表情には出ていなかったのかもしれない。なぜなら江式部は、どうということもないように話をつづけていたからだ。

「女人ながら女宮様は、漢文にも優れた教養をお持ちの御方です。父は生前、講説を承っていたと聞いております」

なるほど。江式部の父は学者だ。しかも参議の地位も得ている。内親王の教師としてふさわしい人物だろう。

「……さようでしたか」

伊子はうなずいた。江式部と女宮の関係には、ひとまず合点がいった。

しかしその説明だけでは納得できない部分がある。努めて平静を装い、あらためて伊子は尋ねる。

「それで、なぜ女宮様はあなたをこの邸に？」

江式部は意外だという顔をした。意地の悪さも、焦ったようすもない。純粋に驚いたといったふうだった。

「まあ、ご存じなかったのですね」

「？」

「入道の女宮様の乳姉妹が、こちらの北の方のお母上なのですよ」

「結局、泊まりになってしまいましたね」

大殿油の焰を調節しながら千草が言った。不満があるような口ぶりではなかったが、時ならぬ手間をかけてしまったことを伊子は申し訳なく思った。

敬子の許可のもと、江式部と千草と一緒に邸中を探してまわった。居住する者達の個人的な荷物もすべて検めたが、それらしい衣は見つからなかった。焼き捨てた可能性も考えて竈の灰まで調べたが、その痕跡はなかった。

そんな大仕事をしているうちに日も暮れて、そのうえ乗ってきた車の傍に犬か猛禽に襲われたらしい鼬の死骸が見つかったという事情もあり、今日は戻るのを見送ったのだ。

「それにしても、市中にも鼬がいるものなのね」

「夜などにはたまに出てきますよ。太郎（長男）が十歳ばかりのとき、実家の厨にもぐりこんできたものを捕まえようとして、とんでもなく臭い放屁をされましたよ」

思いだしても臭いのか、顔をしかめる千草に伊子は声をあげて笑った。ちなみに用意された局には、優雅な梅花香の薫りがただよっている。

場所は東の対の、西廂である。

敬子からは、内覧宣旨を受けた左大臣の姫君なのだから、できることなら寝殿をご案内したいのだがあいにく桐子の居住となっているので申しわけないと恐縮されたが、急に泊まらせてもらうことになったのだから、そんなことに不満を持つつもりは毛頭ない。

「なれど先々帝の亡霊を名乗るなど、さように不逞な輩がまことにいるものでしょうか。それに先々帝の亡霊は追儺のおりにも現れましたから、あながちまやかしとも言えないのでは……」

疑わし気な千草に、いるに決まっていると断言してやりたかった。

そもそも追儺の亡霊だって、れっきとした人間だったのだ。しかしこれは伊子と嵩那の間での極秘事項なので、たとえ千草であっても教えるわけにはいかない。

「こんな近くにいるのに、あの女宮様がなにもかかわっていないはずがないでしょう」

腹立たし気に伊子は言った。

敬子の母親が、女宮の乳姉妹。

よもや右大臣家に女宮とそんなつながりがあったとは、思いもよらぬことだった。

これで女宮の関与が、ますます確実になった。

そのいっぽうで、動機はいまひとつはっきりしない。そもそも臨月の妊婦に嫌がらせをする合理的な理由が思いつかない。もう少し早い時期なら、物騒な話だが子を流させるためという企みもあるのだろうが。

伊子の断言に千草は持論をひっこめた。

「ですね。北の方との伝手を使って、こっそりと手の内の者を送り込んでいる可能性はありますよね。案外、厩とか牛小屋辺りに潜んでいるかもしれません」

そのあたりの雑仕も含め、一応全員は調べさせたが証拠はあがらなかった。しかしなんといっても他人の邸。抜けがある可能性は否定できない。

様々な可能性に考えをめぐらす伊子に、千草はため息交じりに言う。

「北の方も縁故の女宮様がさようなことを企んでいるなどと、まさか想像もなされていないでしょうね」

然りである。母親の主人。しかも当世では並ぶべき者のない、高貴な一品の内親王。そんな人物が今上の転覆を目論んでいるなどと、普通の思考では思いつかない。しかも自分の娘が標的にされているとは、敬子は夢にも考えていないはず――。

胸が晴れない。

無事に生まれるかどうかも分からぬ――あの一言が引っ掛かる。敬子に対する良識的な婦人という印象は変わらぬが、だからこそ異質さが抜けない棘のようにちくちくと神経を刺激しつづける。

けれどあの場で同席していた千草は、あまり気にしていないようだ。妹をお産で亡くしたという江式部の説明で納得しているようである。やはり自分が気にしすぎなのか。四人の子を産み育てている千草のほうが、伊子よりもまちがいなく母としての敬子の心境を理解していると分かってはいるのだが――。

「ねえ、千草……」

念のために千草の気持ちを聞いてみようと呼びかけたときだった。

「尚侍様、よろしゅうございますか？」

襖障子のむこうで、敬子の声がした。

ぎくりとする伊子の前で、千草が素早くいざり寄る。半分程開いた襖障子の先には敬子が座っていた。

「牛車の祓が無事に終わりましたので、そのご報告に参りました」

伊子は背筋を伸ばした。

「それはわざわざありがとうございます。北の方様直々においでいただくとは、かたじけないかぎりでございます」

「こちらこそ。今宵はこのような事態になってしまいまして、まことに申し訳ございません。それにしても、まさか畜生が御車を穢すとは――」

そうやってひとしきり二人で頭を下げあったあと、敬子はいっそう恐縮したように切りだした。

「あの……」

「はい？」

「女御(にょうご)は御所でも、尚侍様にご迷惑をお掛けしているのでございましょう」

ええ、そりゃあ最初のうちは大変でした。とうっかり口から出かけた言葉を伊子はあわてて呑(の)みこんだ。

「さようなことはございません。そもそも私が参内(さんだい)をはじめて二月ほどで、女御様は里帰りをなさいましたから――」

などとごまかしていると、どう感じたのか敬子は苦笑を浮かべた。

「あの娘の気性では、御所に戻ってからまたご迷惑をお掛けするものと存じます。夫が選んだ女房達も見栄えばかりで気の利(き)かぬことも多いようす。それで江式部を召し抱えたのです」

それは適切な判断だと思う。できることなら入内(じゅだい)前に気付いて欲しかった。そうすればああも連日のように、弘徽殿の女房達と諍(いさか)いを起こすこともなかっただろうに――と正直にはもちろん言えない。

「そちらの女房方に不足があるということはけしてございませぬが、江式部はしっかりして気の利いた方。彼女がともに出仕をしてくれれば、北の方様がお気を煩(わずら)わせることもなくなりますでしょう」

藤壺の女房達に対する意見はまさに心にもない一言であるが、江式部に対する評価は本音である。若い女房達も江式部の言うことには素直に従っているようなので、以前よりは静かに過ごせるのではと希望的に思っている。

対して敬子は眉を曇らせる。

「なれど新しく女御として立たれた新大納言の姫君は、お美しいだけでなく気立てもよろしいとお聞きいたしました。あの情の強い女御がさような場所に戻って、どうなることやらと考えると頭が痛みまする」

なんとも言いようがない。

本当のことを言えば、桐子本人や敬子が思っているほどには、帝は桐子を敬遠していない。むしろその自由奔放さを好ましいとすら感じている節もあるのだが、たがいに歩み寄らないから伝わっていない。

夫婦の仲など他人が知ったことかと言いたいが、ひょっとして後宮を承る者としてはなにかせねばならぬのかという迷いもある。

敬子はもう一度、大きなため息をついた。

「入内二年目で帝の御子を身籠ったことは、妃としてまことに誉れでございます。なれどこうなっては、子を産んだあとに御所に戻ることがあの姫にとって良いのかどうか考えてしまいます」

「さようなことを――」

咎めるとも励ますともつかぬ伊子の口調に、敬子はこくこくとうなずく。謝っているようにも、適当に受け流されているようにも見える。

敬子が下がったあと、ぽつりと千草が言った。

「確かに母親の立場としては、あの麗景殿女御が入った内裏に娘を戻すことは気がかりですよね」

「なにを言っているのよ。北の方は麗景殿女御を目にしたことはないのに」

「そりゃそうですけど。あそこまで悩むぐらいなら、娘をもう少し穏やかに育てられなかったんですかね」

「そんな親の思う通りに、子は育たないでしょ」

「生まれつきの気性は無理ですけど、礼儀とか我慢は教えられるでしょう」

「藤壺女御は気性が激しいだけで、別に邪悪ではないわ。それに、あれで琴も琵琶も意外に達者で、和歌もそれなりにお詠みになるわ。手蹟はちょっと刺々しいけど、あれは達筆のうちよ」

伊子の投げやりな弁護に、千草は首を傾げる。

そう。桐子は家柄も器量もよく、そのうえ教養もある。器だけで言えば、帝の妃として申し分のない姫君である。

だが中を満たすものが圧倒的にちがう。与えられた器には、ほとばしる彼女の情熱は納まりきらないでいる。その窮屈さや儘ならなさを、桐子がどの程度感じているのかなど伊子には分からない。

「そんなことより、もう休みましょう。久しぶりの外出だから疲れたみたい」

伊子の要求に千草は素早く反応し、寝所を整えるべく衝立のむこうに回った。

伊子は襖障子を見つめた。つい先程、あの奥に消えていった敬子の言動がどうしても引っかかる。

柔らかな態度と口ぶりでごまかされるが、実の娘に対して繰り返される毀誉褒貶。

敬子の桐子に対する感情がよく分からない。

子が生まれることを望んでいないような発言に、女宮との関係をあわせて考えると、よもやの懸念が頭をよぎってしまう。

（まさか、実の母娘よ）

頭を大きくひとつ振ったとき、衝立のむこうから千草が出てきて、寝床が整ったことを告げた。

そのけたたましい悲鳴が響き渡ったとき、伊子は深い眠りの中にいた。

右も左も分からぬ暗闇の中でとつぜん突き飛ばされたような衝撃で強制的に目覚めさせ

られ、かけていた衾をはねのけて起き上がった。

「な、なに⁉」

几帳のむこうから、小袖に袴姿の千草が姿を見せた。

「姫様！」

「寝殿のほうからのようです」

伊子がいる対の屋の西廂は、渡殿を挟んで寝殿と隣り合わせている。

急いで袿をはおると、千草に手燭を持たせて寝殿にむかう。

直近の妻戸の前には、敬子が女房を連れて立っていた。

「開けてください！　なにがあったのです」

妻戸をばんばんと叩きながら、敬子の女房が訴える。妻戸は内側に掛金があるので、外からは開けられない。しかし中の者達も慌てているだろうから、こちらの声に気付くかどうか怪しい。

「無理ならば、北側に回りましょう」

そう言って踵を返した敬子は、伊子達の姿に驚いた顔をする。このときになってはじめて二人が来ていたことに気付いたようだった。

「娘の声です」

月明かりと千草の持つ手燭に照らされた敬子の顔は、ひどく青ざめていた。これだけで彼女が、いかに動揺しているかが分かるというものだった。

「お産がはじまったのでしょうか？」

「ならば女房達がきちんと報せにくるはずです」

伊子の問いに、敬子は即答した。確かにその通りである。では、いったい中でなにが起きているというのか？

そのとき、目の前の妻戸が音を立てて開いた。

中にいたのは江式部だった。

「すみません。女房達がおびえてしまって、誰も気づかなかったようです」

「なにが起きたのですか!?」

つかみかからんばかりに敬子は詰め寄る。

「物の怪です」

江式部は言った。

「女御様の御前に、ふたたび物の怪が現れたとのことです」

伊子は表情を強張らせた。

敬子は女房を連れて、すかさず殿舎の中にと入っていった。しかし伊子は妻戸の前に立ち尽くしていた。

物の怪を装って、桐子に害をなそうとした人間が必ずいる。その信念のもと、邸中の調査を行った。残念ながら証拠は見つからなかったが、犯人に対して物の怪の仕業では終わらせないという威嚇にはなったはずだ。

だというのに、その日の夜にこんなことを起こすとは。

伊子はぎりっと奥歯を噛みしめる。

(ずいぶんと馬鹿にしてくれたものね)

犯人に対する怒りと、自分に対する不甲斐なさで地団駄を踏みそうになる。

感情を抑え、伊子は江式部に桐子のもとに連れて行ってくれるように言った。江式部はうなずき、妻戸をさらに大きく開いた。

中に足を踏み入れてから、ふと思いついて伊子は江式部に尋ねた。

「あなたは今宵はこちらで休んでいたの?」

江式部は二棟廊の渡殿に自分の局を持っている。しかしつい先程、彼女は寝殿から出てきた。伊子の問いに江式部は首を横に振った。

「いえ、自分の局です。ですがあちらは遣戸ですので、中に入ることができました」

遣戸とは、女房の局口などに使われる簡素な引き戸である。先程敬子達が口にしていた北側とはこの戸のことだったのだろう。

奥に進む間、江式部は自分が寝殿に入ってからの詳細を話した。

遣戸から寝殿の中に入り、動揺する女房達を叱りつけ、御帳台の中でおびえる桐子に気を静める薬湯を飲ませ、そこまで終わってからはじめて敬子達が戸を叩く音に気づいたということだった。ちなみに薬湯は、精神的に不安定になっていた桐子が以前から常用していたものなので、すぐに準備ができたということだった。

江式部の後について御帳台まで行く。周りには女房達がいたが、彼女達も休んでいたのでほとんどが装束を解いており、小袖に袴、袿をかけているだけの姿だった。

入口の帳が上がっており、中をのぞくと横たわった桐子の姿が見える。しかし足許からなので顔色や表情までは分からない。枕元には敬子が険しい顔で座っている。

「北の方様」

江式部が奥に進み、敬子の横に寄り添うように座った。江式部は桐子の顔を一瞥し、ほっとしたように言った。

「よくお休みのようですね。先程までは気が昂っておられましたが、御薬湯が効いたようでよろしゅうございました」

敬子は返事をせず、黙りこくっていた。江式部は一瞬戸惑ったように間を置いたが、すぐに切りかえるように言った。

「それにしても、ここまで先々帝の物の怪が強固だとは……」

それはちがう。なにもかも女宮の目論見だと、伊子は声を上げたかった。しかしこの状況でそれを言っても、なんの説得力もない。いつのまにか、どこからか読経が聞こえてきている。誰が呼んだかは分からぬが、加持のための験者であろう。

敬子は黙って桐子の顔を見下ろしていたが、やがて絞りだすように言った。

「これだから、お産は嫌なのよ」

強い憎悪を込めた口ぶりに、伊子はぎょっとして敬子を見る。しかし手前に江式部が座っていたので、その表情は良く見えなかった。

伊子の中で、かねてよりあった敬子への疑念がさらに大きくなる。

真意も真相も分からない。ただ、この状況で確かになったことがひとつある。


この女人は、娘の出産を望んでいない。


いったい、どういうことだ?

女宮と近しい関係を鑑みたとしても、とうてい信じられない。

(だって、実の親子なのよ?)

江式部の横顔には、あからさまに戸惑いの色が浮かんでいた。さしもの彼女も、しばらくはかける言葉に迷っているようだった。

それでもなんとか、気を取り直したように口を開く。

「なれどここまで物の怪が執念を持つのなら、御子は男児やもしれませんね」

物の怪が皇統を奪われたことに恨みを抱いているのなら、女児であれば害する対象にはならない。

なるほど。若干功利的ではあるが、まず的確な慰め文句である。

帝の妃が懐妊した場合、外戚は男児誕生を望むのもだから、江式部としては敬子に光明を示唆したつもりだったのかもしれなかった。

「さようなものは、どちらでもよい！」

吐き捨てるような敬子の叫びに、伊子も江式部もびくりと身体を震わせる。

「赤子など……私はこの娘が無事であれば、どうでもよい」

伊子は目を見張った。

「赤子なんてどうでもいい！　だから、だからこの娘を助けてちょうだい」

絹を裂くような悲痛な声をあげると、敬子はそのまま顔をおおった。

喉の奥がひくひくと動いたかと思うと、たちまち嗚咽する声が漏れる。

伊子はたまらず御帳台に飛びこみ、桐子を挟んだ向かい側に回りこんだ。

「北の方、どうぞ落ちつかれてください」

叱りつけるようになったのは、なんとしても敬子の心を落ちつかせたかったからだ。寸前まで母親としての彼女の態度に疑念を抱いていたことが申し訳なくて、どうしても敬子を励ましたいと思った。

「あなた様は、四人もの御子を無事にお産みになられた御方。女御様はそのあなたの姫君です。きっとこの艱難を乗り越えてくださいます」

意気込んだくせに、なんという乏しい励ましかできぬものかと伊子は自分が情けなかった。だけどしかたがない。お産や病はそれこそ天の配剤で、功徳を積むなど人がいかほどの努力をしたところで、人ならぬ力の匙加減だけで運命が決められてしまうのだから。

敬子は小さく鼻をすすりあげ、ゆっくりと首を横に振った。表情は悲痛だったが、落ちつきは取り戻していた。

「なれど私の母は、五人目の子を産んださいに身罷りました」

「……」

「だから私は、ずっとお産が怖かったのです。けれど結婚して、望む望まざるもなく子を身籠り、けれどどこの娘も含めて無事に四人の子を産むことができました。全員が健やかに育ち、私達夫婦はそれ以上子を作るつもりもありませんでした。ゆえにお産などもう怖くないものと思っていたのです……妹が産褥で身罷るまでは」

あまりの皮肉と、それ以上に痛ましさで伊子は顔を歪めた。

もしも姉妹のお産の順番が逆であれば、敬子の恐れはまったくちがったものになっていただろう。むしろ自身の力で母と妹を襲った不幸の呪縛から放たれ、娘に勇気を与える形になっていたかもしれない。

母を失った恐怖をようやく乗り越え安心していたところに、ふたたび親しい者をお産で失うという不幸に見舞われる。その心境のまま愛娘のお産を迎えたときの敬子の心中は想像に難くない。

敬子はぽつりとこぼした。

「だから私は、この娘を入内させたくなかった」

およそ公卿の妻とは思えぬ言い分だった。

「お産ばかりが理由ではありません。この娘は物心ついたときから、いつだって自分の我を通して参りました。従順で控え目であることが女人の徳であり務めだと諭しても、けして折れなかった。いかに世の倣いとはいえ、そんな娘に帝の妃になることが幸福だとはとうてい思えなかったからです」

伊子は頭をひとつ殴られたような気がした。

そういうことだったのだ。敬子が桐子が御所に戻ることに気乗りしていなかった理由には、朱鷺子の存在など関係がなかったのだ。

帝とは不仲であるうえ、後宮の堅苦しいしきたりになかなか慣れることができない桐子を母としていたわしく思っていたから、敬子は娘を御所に戻したくなかったのだ。

敬子は切々と訴える。

「まして殿方のために己を押し殺すなど、いかに人から疎まれようと、けしてできない娘なのです。なのにどうしていまさら、男のために生命を危険にさらさなければならないのでしょう」

胸がしめつけられる。

母親の死をきっかけに、敬子はお産に恐怖を抱くようになった。しかし結婚をしたことで子を身籠り、否応なしにその恐怖と対峙せざるをえなかった。そして娘の桐子も、それまでの生きざまや意地を完全に踏みにじられ、女として生まれた者が甘受するしかない宿命にいままさに直面している。

母親が命をかけて子を産むことは、別に美談ではない。

身籠った女は逃げられないから、命をかけて挑むしかない宿命なのだ。

「可哀想に……代われるものなら代わってあげたい」

敬子は声をしぼりだした。

かける言葉もなく、伊子は唇をかむことしかできない。沈痛な空気が、狭い御帳台の中に籠もっていた。

「大丈夫よ」

活気のある声に、その場にいた全員が目を円くした。

いつのまに目覚めたのか、桐子がぱっちりと瞳を開いて母親を見上げていた。

「大姫!?」

「女御様」

敬子と江式部が、同時に別の呼び名を口にする。

桐子はいつも通り、刺々しく言った。

「みな、心配しすぎなのよ。私は大丈夫よ」

そうしてふんと鼻を鳴らすと、腹立たし気につづける。

「まったく先帝だか先々帝だか知らないけど、兄弟喧嘩なら彼の世で二人で始末をつけたらいいのよ。まこと天子ともあろう方々が、人騒がせなことこのうえない！」

御帳台の中にいた女達は、桐子本人をのぞいて全員がぽかんとなった。

（どういうこと？）

伊子は軽く混乱する。取り殺されるかもしれない、などと懊悩していたのが幻だったのかと思うほどの変わりようである。しかも先の帝達に対して、これはどうして相当不遜な言いようだ。よもや恐ろしさが過ぎて、変なふうに高揚した状態になっているのではないだろうか。

「女御様、とつぜんいかがなさいましたか？」

おそるおそる伊子が問うと、桐子はふたたび鼻を鳴らした。

「お母様がこれほどご心痛なのかと思ったら、物の怪に対して怖いと思うよりも腹が立って腹が立って、もう絶対に負けるものかという気になってきたのよ」

「……」

「物の怪がなによ。お産のときは、国中から腕利きの験者を何百人と召し上げて、彼の世にでも中有（死後、次の生命を受けるまでの状態）にでも叩き返してやるわ！」

意気軒昂として桐子は訴えるが、お元気になられてよかったです、などと単純には喜べない。桐子のあまりの変わりようを、伊子はにわかに信じることができなかった。単純に強がっているのか、あるいは高揚して通常の精神状態ではなくなっているのか。

全員が同じ気持ちだったのか、床の周りにいた三人の女は物も言えずにいた。

とつぜん敬子が、泣き笑いのような表情で身を揺らしだした。

「そうだったわね、あなたはそういう娘だったわね」

その瞬間、入口付近で控えていた千草がぷっと噴き出した。そういえば彼女も、四人の子を無事に産んだ母親だった。

しばし呆然としていた伊子だったが、少しして思考がふたたび働きはじめる。

（そうか……）

おそらく桐子は途中から意識を取り戻していて、敬子の嘆きを耳にしたのだろう。そして母の気持ちを慮って――などという強がりではなく、世間体も欲得もなしに自分を心配してくれる母親の存在に単純に勇気づけられたのだ。

「それとね、お母様」

すっかり活気を取り戻した桐子は、なおも敬子に話をつづけている。

「確かに御所は面倒だけど、主上のことは別に嫌いじゃないから心配しないで」

あいかわらず畏れを知らぬ言いようだが、一寸前の先の帝達に対する批判を思えば恐れるに足らずなのだろう。敬子も苦笑するばかりで別に咎めもしない。もちろんこの状況だからそれでよいに決まっている。

ふと伊子は、二十年近く前に亡くなった母のことを思いだした。

（いいなあ、お母様がいて……）

三十を越した女が口にするには、ちょっと気恥ずかしい言葉である。だから心の中でつぶやくだけだが、優しい母を持っていた伊子にとって二十年来の、そしてこれからも、そう白髪の媼となっても永遠の本心にちがいない。

「でも私、主上やお父様のために子を産むわけじゃないわ」

それまで軽めだった桐子の口調が、急に強まった。見ると桐子は土饅頭のように膨らんだ自分の腹部に手をあてている。

「自分のためよ。こんなしんどい思いをしているのだから、とうぜんでしょう。それに十月の間もおなかの中で育てていたら、愛おしいのとしんどいので、思うことはとにかく無事に生まれて欲しいということだけなのよ。もちろん男か女かだなんてどうでもいいことだわ」

女宮に聞かせてやりたい――。

そう思ったあと、誰しもが桐子のように強いわけではないと伊子は考えなおした。女宮の生母、あるいは外戚達が、望まぬ女児として生まれた女宮をどのように扱ったのかなど、権門家の大切な后がねとして生まれた伊子には想像もできないことだった。

様々に考えを巡らす伊子に、まるで聞かせるように桐子は言った。

「それでもしなにか言ってくるようなら、なら自分達で産んでみろと言ってやるわ。無理を言うな、とか叱られたってかまうものですか。だってかならず男を産めだなんて言う人達なのよ。無理なことを言うのはお互いさまじゃないの」

その夜、敬子は桐子に付き添って同じ御帳台で休むことになった。

桐子が落ちついたのを見届けてから、伊子は千草と一緒に局に戻った。これだけ目が覚めたあとまた眠れるものかと危ぶみはしたが、朝まではまだ間がありそうなので床に入ることにして衾を広げる。

「北の方には、申し訳ないことをしてしまったわ」

ぽつりと伊子は言った。

「申し訳ないって、なぜですか？」

千草の問いに、伊子は気まずげな顔をする。

「実はちらりとだけど、北の方が女御が御子を産むことを望んでおられないのではと考えてしまったのよ」

「ああ……」

千草は驚いたふうもなく簡単に納得した。一連の敬子の物言いが、誤解を招きかねないものであったことは間違いない。

「それは正しいですよ」

さらりと告げられた千草の言葉に、伊子は目をぱちくりさせる。

「子は生まれて欲しいけれど、娘が産むことは望んでいないものですから」

自明の理のように千草は語るが、伊子は二つの言い分のちがいをすぐに理解することができなかった。

「これが息子の嫁であれば孫のほうを心配するでしょうから、本当に人間って身勝手な生き物ですよ」

実に分かりやすい説明に、なるほどと納得はした。

「そう聞くと、ちょっときついわね」

若干(じゃっかん)引き気味に伊子が言うと、千草は苦笑しただけで珍しくなにも言わなかった。

もちろん敬子の心境も、千草の言い分も理(ことわり)は分かる。ただ子を持たぬ伊子は、どうにも釈然としない邪なものを感じはしたのだ。

あんがいわが子に対する一般的な親の気持ちなどそんなものかもしれない。

――代われるものなら代わってあげたい。

自身も含めたうえで、他の誰かを犠牲にしてもわが子を守りたいと思う親心は、利他的であり利己的でもある。

もちろん子を苦しめるしかない、滓のような親も世にはいる。しかし敬子はそうではないし、おそらく桐子もそんな親にはならない。きっと桐子は、よき妻にはならずともよき母にはなるだろうと思った。


なかなか寝不足の状態で、朝を迎えた。

昨夜の騒動がいつの刻だったのかは分からないが、それからはおそらく二剋も過ぎていないだろう。御所であれば休みを取って二度寝を決めるところだが、他人様の邸ではそうもいかず、鞭撻しながら褥から抜け出した。

(あ～、頭が重い)

うなじのあたりを手で押さえる。後頭部から首筋にかけて、しこりのようなものが残ってすっきりしない。程度の差はあれ、寝不足のときはたいていこうなる。しかしそんな煙幕がかかったような思考の中でも、伊子は今後のことを考えていた。

桐子は自身の気丈さと母親の情愛で、物の怪の恐怖に打ち勝った。

しかし騒動を起こした犯人は、まだ捕まっていない。その人物はおそらくこの邸にいるはずなのに、このまま御所に戻って良いものなのか。

(だからといって、もう一泊するわけにもいかないし……)

そもそも昨夜の宿泊自体が、不測の事態だった。物忌みを理由に引きこもるという手もあるが、さすがに他人の邸では憚られる。かといってこの状態を放置して帰るのも不安である。

どうしたものかと悩みつつ身支度をしていると、几帳の陰から女童が顔をのぞかせた。

江式部の局で会った花山吹のかさねを着た女童だった。

「角盥を引き取りに参りました。御手水はもうお使いになられましたか？」

「ああ、ありがとう。もういいから持っていってちょうだい」

千草に促されて女童は中に入ってきた。少し前にきれいな水が入った角盥を持ってきたのもこの女童だった。そのときはこんな小さな娘に角盥など持たせて大丈夫かと心配したが、軽々と持ち上げていた。

「では、下げますね」

そう言って女童が角盥の前で身を屈めたとき、袂からなにかがぱらりと落ちた。それは紙細工の雛(ひいな)人形だった。

「あら、落としたわよ」

間近にいた伊子は、手を伸ばして人形を拾い上げた。白と淡紅(うすくれない)の料紙を重ねて衣装を作っている。装束の色目で言えば薄花桜(うすはなざくら)。初々(ういうい)しい清楚(せいそ)なかさねである。

伊子の指摘に、女童は驚いた顔をする。

「あ、すみません。気付かなかったです」

「可愛(かわい)いわね。あなたが作ったの？」

「いいえ。先ほど女房の安芸(あき)さんにいただきました。お気に入りだったけど、もう十四だからさすがに使わないと言われて」

上機嫌で女童は語る。察するにそのとき袂に入れて、そのまま用事を言いつかったというわけか。

「濡らさないように、早く片付けておしまいなさい」

そう言って伊子は雛人形を手渡そうとした。

そのせつなである。音もなく明滅する蛍(ほたる)の光のように、ひとつの考えがふっと脳裏(のうり)に浮かんだ。

思い立った瞬間、伊子は立ち上がった。あ然とする女童に人形を返すと、なにか言う千草を無視して局を飛び出した。

簀子から二棟廊の北の渡殿を進んでいると、突きあたりの二枚格子の上格子が少し押し開かれたところだった。ほとんど駆け足で近寄ると、伊子は上格子の角を摑んで強引に押し上げた。

目隠しに下ろされた御簾の内側に入ると、そこにはあ然とする江式部がいた。ここは彼女の局なのだからとうぜんである。火を熾そうとしていたのか、炭櫃の前に火箸を手にしている。

「尚侍、様？」

目を疑うような表情の江式部に、伊子は硬い声で言った。

「漢詩文集を見せてちょうだい」

「え？」

「あなたの御父君、江相公の――」

言い終わらないうちに、江式部の表情が別人のように険しくなった。やにわに、彼女は傍らに置いていた巻物を炭櫃の中に投げこもうとした。くすんだ黄蘗色であった。

伊子が声をあげかけた瞬間、左手にある遣戸が音をたてて開いた。

千草だ。中に押し入った千草は、巻物を持った江式部の右腕をつかんだ。そうしてまるで旧知の友人に対するように親し気な口調で言った。

「無理よ。竈ならともかく炭櫃じゃ、そんな巻物は燃やせないわ」

広げて一枚の紙にするならともかく、巻いたままではまず無理である。燃え尽きるまで何刻も要するだろう。

それを考えたら慌てる必要はなかったのだが、証拠がなくなると焦って、つい大きな声をあげかけた。

（つまり、これから証拠隠滅を図ろうとしていたところだったのね）

炭櫃の弱い火でも、紙をちぎりながらくべていけば十分に燃える。昨夜の騒動の直後ではなく今朝になってそれをしようとしたのは、おそらくだが江式部の中に〝ばれた〟という認識がまだなかったからだろう。

しかしいまの桐子に、もはや亡霊の脅しは効かない。そろそろ潮時だという程度の思いで処分しようとしていたのだろう。

実際のところ伊子が気付いた理由も、あの女童の雛人形を目にしたからだ。そうでなければ思いつきもしなかっただろう。

「よもや、その巻物が紙衣だとはね」

伊子の指摘に江式部は苦々しい顔をする。

千草から巻物を取り上げられても、彼女は抵抗しなかった。伊子は格子前からいったん離れると、渡殿を通って局の中に入った。

遣戸を閉ざし、一度上げた上格子も下ろした局の中は一気に薄暗くなった。

千草が巻物を広げると、それはたちまち黄蘗染の紙で作った袍になった。ほとんどの衣装は、もともと長方形の反物を直線裁ちして作る。ゆえに盤領（丸襟）である襟元だけ気を遣えば、きれいな長方形に畳むことができる。もちろん広げてしまえば一発で分かるから、伊子が手にしたときはさぞひやひやしたことだろう。

いまにして思えば、伊子に見せた書櫃の中に入れておいたのもずいぶん不用心だが、あの段階では桐子は亡霊を見たことを黙っていたから、誰も袍など探していなかった。それに巻物を一つだけ別の箇所に置いていたりしたら、万が一にでも誰かに見られたときかえって不審がられる。

「これをかぶって、女御様の御帳台に入ったのですね」

伊子の問いに江式部は反応しなかったが、それこそ肯定の表れだろう。

寝るような時分になれば、女房達も唐衣裳を解く。小袖と袴だけになれば袍をかぶることは容易にできる。臨月の腹を抱えた桐子は眠りが浅く、ぐっすりと眠った若い女房が気付かない物音でも容易に目を覚ます。しかもあれだけ腹が大きくなっていれば動きも鈍くなるから、いくら気の強い桐子が相手でもつかまることもない。

絹ではなく紙。黄櫨染ではなく黄蘗染。男ではなく女。

そしてなにより、物の怪ではなく生きた人間であったこと。すべてが陽の光の下であれば、絶対に騙されなかったことだ。

しかし桐子は懐妊中の体調不良に加え、追儺に先々帝の霊が降りたという話を知って疑心暗鬼になっていた。桐子がもう少し一般的な姫であれば、たとえ皇子を産んでも、祟りを畏れて立坊させることに抵抗を抱いたことだろう。

そのうえで、桐子が先帝の亡霊を目にしたことが公になれば確実だ。

追儺につづいて、皇統の不当をさらに強く訴えることができる。百官につづき妃の前にまで亡霊が現れたとしたら、人々はいっそう先々帝の恨みを痛感するだろう。

それが女宮の目的だったのだ。

念には念を入れて、いかにも女宮らしい作戦だ。

「追儺の騒動を女御様に教えたのは、あなただったのね」

断定的に伊子は言った。

自分の策略を成功させるため、桐子をおびえさせようとして伝えたのだ。

藤壺の女房達は、昨年の水無月から御所を離れている。彼女達は内裏女房や弘徽殿の女房達とは険悪だったから、誰も消息のやりとりなどしていなかっただろう。ならば藤壺の者達が、追儺の騒動を詳しく知るはずがなかった。

父親の右大臣の口からというのもありえない。なぜなら右大臣にとってあの騒動は、やがて生まれてくるであろう孫の立坊を妨げかねない忌々しい出来事でしかない。敢えて懐妊中の娘に知らせるはずがない。

「そうです。その件の詳細は女宮様にお聞きしました」

もはや開き直ったのか、訊いてもいないことまでしゃあしゃあと江式部は答えた。

案の定の名前に伊子は顔をしかめ、精一杯の皮肉を込めて言った。

「あなたのような才媛がこんな愚かしい真似をするなんて、よほど女宮様に恩義があったのでしょうね」

義理や縁故という程度の関係では、右大臣の娘で今上の女御相手にここまではしない。命の恩人、ないしは家族を助けてもらったという厚い恩義か、あるいは——。

(よほどの報奨を約束された、というところかしらね)

現実的には、それが一番信憑性があるように思う。

右大臣に対するなんらかの怨恨の可能性もあるが、女宮を介してこの邸に入ったと聞いたからには、やはり彼女が関係しているのだろうと考えてしまう。

「恩義は別にございません」

伊子以上に皮肉っぽく江式部は言った。

「ただ、志を同じにしただけでございます」

「!?」

胸を杖で衝かれたような衝撃に息を詰める。

女宮の志——それは今上を帝位から引きずり下ろし、嵩那を玉座に即けることだ。その彼女と志を同じにするというのなら。

伊子は息を詰めたまま、江式部を睨みつけた。

だというのに江式部は、まるで香合わせでも誘うような口調で言った。

「次の帝には、先々帝の遺児が立つべきだとお考えになりませんか？」

「あなた如きの立場でそれを口にするなど、僭越というものです」

厳しい口調で伊子は言ったが、江式部にひるんだ様子はなかった。それどころか神経を逆撫でするかのごとく、へりくだって物静かに語る。

「もちろん私如きの身分で、皇統の正当性を語るつもりはございません。ただ私は女宮様の志に感銘を受けたのでございます」

確かに感銘は恩義とはちがう。それに女宮の意向を口にしただけとすれば、先程の〝僭越〟という伊子の非難は成り立たない。もちろん桐子に危害を加えたことは事実だから、そこに悪意はかならずある。

（屁理屈ばかり言って）

伊子は奥歯を嚙みしめた。

声をあげて罵りたい気持ちを抑えて、問う。

「いったいどういった経緯で、あなたは女宮様と知り合ったのですか？」

「お声がけをいただいたのです——共に恨みを晴らしましょう、と」

なるほど。あまりにも類例が多すぎて、簡単に納得した。

先帝に対する怨恨だ。追儺を切っ掛けに、朝臣達の中にくすぶっていた恨みが明らかになった。江式部もそんなうちの一人というわけか。となるとこの女人にも、宮仕えの過去があったのだろうか？

「先帝の御世で、あなたの身になにがあったのですか？」

「尚侍様と同じでございます」

一瞬首を傾げはしたものの、すぐに伊子は合点がいった。

「江相公……お父上が、先帝から退けられたのですね」

父・顕充が先帝の勘気を蒙ったのは十六年も前のことだ。それから一昨年の今上の即位まで顕充は不遇を託っていた。煽りを受けた形で伊子も、内定していた時の東宮（今上の父）への入内がご破算になった。

江式部は首肯した。

「父の失脚により、まとまりかけていた私の縁談は御破算となりました。それ以降もたいした後ろ盾を持たぬ娘に通う男など現れるわけもありません。両親は、夫も子も持つこともないまま悪戯に年ばかり重ねてゆく私の身を案じ、失意のまま身罷りました」

江式部の身の上話を聞いているうち、伊子の胸に苦いものがこみ上げてきた。

自分と江式部は、途中までは同じ運命だったのだろう。

ただ、伊子は圧倒的に幸運だった。

失脚したといっても父の身分は保たれていたので、経済的に憂いはなかった。だから千草をはじめとした家人達も変わらず周りにいたし、幼馴染の斎院との友情も保たれていた。

いったん別れたものの嵩那という恋人を早めに得たことで、男を知らぬという、いらぬ劣等感を抱くこともなかった。男に抱かれることを女の喜びとする風潮など心底反吐が出る。にもかかわらず、そんなことを思う自分が情けない。

だからこそ江式部の次の言葉には、激しく胸が鳴った。

「なのになぜあなた様は、そのように生き生きとしておいでなのですか?」

心の深い部分にある、自分でも気付きすらしなかった、非常にいやらしい優越感を掘り起こされた。鼓動がさらに高まる。重大な秘密を抱えている人のように、心がざわついて落ちつきを保てない。

しっかりしろ！　己を保て！　伊子は自分を叱咤した。

江式部に対する哀れみを少しでも見せたりしたら、彼女は激しく伊子を憎むだろう。それだけはならない。取りこまれてはならない、この圧倒的な劣等感と憎悪に——。

ゆっくりと肩を落としながら息を吐く。痛いほどに高まっていた鼓動が次第に静かになってゆく。意志の力で、自分の心を押し殺す。邪悪を働いた相手に対する正当な、一厘の憐憫もない冷ややかな眼差しをむける。

江式部は探るように伊子を目を見つめた。

なぜ、そのように生き生きとしているのか？　自身のその問いに伊子が答える気配がないことを悟ると、失望したように力なく笑う。

「女宮様の復讐には、あなた様にも同志になっていただきたかったのに」

「──女宮様は、他にも同志を集めているのですか？」

江式部はうなずいた。

「そんなもの、山のようにおりますもの」

勝ち誇ったような笑みに、伊子は眉間に皺を刻んだ。

つまりは、それだけ先帝に恨みを抱いている者が多いということだ。

奸計はなにがあっても退ける。女宮の思う通りになどさせない。

自らに課した誓いのいっぽうで、追儺のときから伊子の中には消せぬ懸念がありつづけている。それはあの晩、伊子自身が治然律師に言った言葉だった。

──上人は、今上のために宮様が東宮位につくことが最善だとおっしゃるのですね。

ここにきてまたもや、先帝に対する人々の怒りを思い知らされた。鬱屈したあまりにも多くの感情は、今上の人徳をもってしてもはたして堰き止められるものなのか。

もしも堰き止められなければ、決壊により氾濫した激流に、嵩那は否応なしに巻きこまれる。ならば最初から――。

嵩那を東宮にしたほうが、賢明ではないか。

伊子は緩く首を横に振った。なにが賢明で、なにが最善なのか、とうてい一人では決められなかったが、それでも自分の目的だけは決まっている。

「この邸を出たら、女宮様にお伝えしてちょうだい」

伊子の言葉に、江式部は怪訝な顔をした。

「私を、北の方に告発しないのですか？」

「あなた達の思惑を明らかにできない、こちらの事情は分かっているのでしょう」

けんもほろろに伊子は言った。

女宮の目論みを明るみに出すことは、言ってみれば諸刃の剣。

人々の知るところとなれば、彼女に賛同する者が多数出かねない。そのとき力ずくで抑えようとでもすれば、ますますのこと人々の反発は高まるだろう。

そうなるのは自分達のほうが正当だからだと、女宮は考えているかもしれない。

確かに現在の皇統には明らかな不当がある。敵がこちらの弱みをがっちりと認識しているのが本当に腹立たしい。

ぎりっと奥歯を嚙みしめる。

負けぬ——その一言だけを自分に言い聞かせ、目の前の江式部を見据える。

「ゆえに、必ず女宮様に伝えなさい。この私がいるかぎり、何者にも主上(おかみ)に手出しはさせませぬと」

それから二日後。藤壺女御こと藤原桐子は、無事に男児を出産した。

※この作品はフィクションです。実在の人物・団体・事件などにはいっさい関係ありません。

集英社オレンジ文庫をお買い上げいただき、ありがとうございます。
ご意見・ご感想をお待ちしております。

● あて先
〒101-8050　東京都千代田区一ツ橋2-5-10
集英社オレンジ文庫編集部 気付
小田菜摘先生

平安あや解き草紙
～その女人達、故あり～

集英社
オレンジ文庫

2021年4月25日　第1刷発行

著　者　小田菜摘
発行者　北畠輝幸
発行所　株式会社集英社
〒101-8050東京都千代田区一ツ橋2-5-10
電話【編集部】03-3230-6352
【読者係】03-3230-6080
【販売部】03-3230-6393（書店専用）
印刷所　図書印刷株式会社

ISBN 978-4-08-680374-8 C0193

集英社オレンジ文庫

小田菜摘

平安あや解き草紙

（シリーズ）

①〜その姫、後宮にて天職を知る〜

婚期を逃した左大臣家の大姫・伊子に入内の話が!?
帝との親子ほども離れた年の差を理由に断るが…？

②〜その後宮、百花繚乱にて〜

後宮を束ねる尚侍となり、帝の熱望と再会した元恋人との
間で揺らぐ伊子。同じ頃、新たな妃候補の入内で騒動に!?

③〜その恋、人騒がせなことこの上なし〜

宮中で盗難事件が起きた。聞き込みの結果、容疑者は
美しい新人女官と性悪な不美人お局の二人で…？

④〜その女人達、ひとかたならず〜

大きな行事が続き、伊子は人手不足を痛感していた。
近々行われる舞の舞姫の後宮勤めを期待していたが!?

⑤〜その姫、後宮にて宿敵を得る〜

元恋人・嵩那との関係が伊子の父の知るところとなった。
さらに宮中では皇統への不満が爆発する事件が起きて!?

好評発売中

【電子書籍版も配信中　詳しくはこちら→http://ebooks.shueisha.co.jp/orange/】